Inés Martínez Palacio

7,00

LA CABEZA DEL DRAGÓN

AUSTRAL TEATRO

RAMÓN DEL VALLE-INCLÁN

LA CABEZA DEL DRAGÓN

PRÓLOGO
JOAQUÍN DEL VALLE-INCLÁN

AUSTRAL TEATRO

Primera edición: 3-V-2007
Quinta edición: 4-XII-2009

Diseño de cubierta: Joaquín Gallego
Preimpresión: MT Color & Diseño, S. L.

Depósito legal: M. 49.474–2009

ISBN 978–84–670–2553–8

Espasa, en su deseo de mejorar sus publicaciones, agradecerá cualquier sugerencia que los lectores hagan al departamento editorial por correo electrónico: sugerencias@espasa.es

Impreso en España/Printed in Spain
Impresión: Unigraf, S. L.

Espasa Libros, S. L. U.
Paseo de Recoletos 4, 28001 Madrid

El papel utilizado para la impresión de este libro es cien por cien libre de cloro y está calificado como **papel ecológico**

ÍNDICE

PRÓLOGO

A finales de 1909, Jacinto Benavente, amigo de Valle-Inclán, inició el proyecto de un Teatro para los Niños, empresa que sufragaba personalmente. Para ello encargó obras a autores destacados, entre ellos a nuestro autor, que produjo *La cabeza del dragón. Farsa,* así llamada inicialmente. El estreno tuvo lugar a principios de marzo de 1910, y aunque alabada por la crítica teatral, no tuvo éxito de público, como la mayoría de la producción dramática de Valle-Inclán, que o bien no llegó nunca a los escenarios en vida del autor, o bien, como en el título que nos ocupa, se representó una sola vez y ya no volvió a las tablas.

Benavente sabía que su intento de renovar el teatro infantil, género olvidado por la mayoría de los autores teatrales, exigía que las obras fuesen asequibles a los más pequeños, pero al mismo tiempo, debían tener la suficiente enjundia para que los adultos acompañantes también disfrutasen con ellas. Definía el problema diciendo que el teatro para niños cubre un espectro de los nueve a los noventa años. Ésos son los extremos donde se define *La cabeza del dragón:* duendes, magia, canciones, pero también sátira política, referencias literarias, crítica a algunos intelectuales y a su manera de escribir... Pero, a pesar de tan bienintencionado propósito, fue un fracaso, y el Teatro para los Niños fundado por Benavente no duró más allá del estreno de *La cabeza del dragón.*

El interés de don Ramón por este género vuelve a mostrarse años más tarde, al conmemorarse en abril de 1916 el tercer centenario del fallecimiento de Cervantes, cuando, por encargo del Ministerio de Instrucción Pública, supervisa una edición del entremés de *La guarda cuidadosa* especialmente pensada para los alumnos de las escuelas. En el prólogo, Valle-Inclán deja constancia de su interés por la dramaturgia dirigida al público infantil: «En los niños revive siempre la ingenuidad de los siglos pasados, y para entender y alcanzar el encanto de las literaturas viejas, no hay cosa mejor que hacerse niño. Por conservar la virtud cristalina de este encanto, no lleva ahora notas, glosas ni apostillas el entremés de *La guarda cuidadosa.* Se imprime para los niños y ellos lo pueden entender mejor que los hombres».

La cabeza del dragón apareció en librería en 1914, pasando sin pena ni gloria. Posteriormente, variando su título a *Farsa infantil de la cabeza del dragón,* su autor la incluyó en *Tablado de marionetas,* editado en 1926 y 1930, que es la edición tomada como base.

Cuando se representó la obra por vez primera, un crítico teatral, José de Laserna, afirmaba en el diario madrileño *El Imparcial* que, a pesar de la mala acogida del público, *La cabeza del dragón* «pasará a las antologías de nuestro teatro de la infancia y será uno de los más preclaros blasones del noble escudo literario de su autor».

Ahora es el lector quien, noventa y siete años más tarde, puede decidir sobre el acierto o desacierto de ese juicio.

JOAQUÍN DEL VALLE-INCLÁN

La presente edición reproduce
íntegro el texto que de *La cabeza*
del dragón se incluye en
Tablado de marionetas, Madrid, 1930

LA CABEZA DEL DRAGÓN

PERSONAJES

La Señora Infantina.
El Príncipe Verdemar.
El Duende.
El Príncipe Ajonjolí.
El Príncipe Pompón.
El Gran Rey Mangucián.
Señora Reina.
El Primer Ministro.
Un Ventero.
Un Bufón.
Una Maritornes.
Un Ciego.
Un Bravo: Espandián.
La Geroma.
El General Fierabrás.
Un Pregonero.
El Rey Micomicón.
El Maestro de Ceremonias.
Una Duquesa y un Chambelán.
Coro de Damas y Galanes.

ESCENA PRIMERA

Tres príncipes donceles juegan a la pelota en el patio de armas de un castillo muy torreado, como aquellos de las aventuras de Orlando: Puede ser de diamante, de bronce o de niebla. Es un castillo de fantasía, como lo saben soñar los niños. Tiene grandes muros cubiertos de hiedra, y todavía no ha sido restaurado por los arquitectos del Rey. ¡Alabemos a Dios!

EL PRÍNCIPE AJONJOLÍ

¿Habéis advertido, hermanos, cómo esta pelota bota y rebota? Cuando la envío a una parte, se tuerce a la contraria.

EL PRÍNCIPE VERDEMAR

¡Parece que llevase dentro a un diablo enredador!

EL PRÍNCIPE POMPÓN

¡Parece haberse vuelto loca!

EL PRÍNCIPE VERDEMAR

¡Antes sería preciso que esa bola llena de aire fuese capaz de tener juicio alguna vez!

EL PRÍNCIPE POMPÓN

¿Por qué lo dudas? ¿Porque está llena de aire? El aire, el humo y el vacío son los tres elementos en que viven más a gusto los sabios.

EL PRÍNCIPE AJONJOLÍ

¡Bien dice el Príncipe Pompón! ¿No vemos al Primer Ministro del Rey nuestro padre? ¡Unos dicen que tiene la cabeza llena de humo! ¡Otros, que de aire! ¡Y otros, que vacía!

EL PRÍNCIPE POMPÓN

¡Y, sin embargo, todas las gacetas ponderan sus discursos y pregonan que es un sabio, Príncipe Ajonjolí! El Rey nuestro padre le confía el gobierno de sus Estados.

EL PRÍNCIPE VERDEMAR

Pero ya sabéis lo que dice la Reina nuestra madre, cuando le repela las barbas al Rey nuestro padre. ¡Una casa no se gobierna como un reino! ¡Una casa requiere mucha cabeza! Y el Rey nuestro padre le da la razón.

EL PRÍNCIPE AJONJOLÍ

Porque es un bragazas. Pero el Primer Ministro no se la da, y dice que todas las mujeres, reinas o verduleras, son anarquistas.

EL PRÍNCIPE VERDEMAR

Vamos a terminar el partido.

EL PRÍNCIPE POMPÓN

No se puede con esta pelota. Está de remate. ¡Mirad qué tumbos!

EL PRÍNCIPE AJONJOLÍ

Tú eres quien está de remate. La has metido por la ventana del torreón.

EL PRÍNCIPE VERDEMAR

Voy a buscarla.

EL PRÍNCIPE AJONJOLÍ

Está cerrada la puerta, Príncipe Verdemar.

EL PRÍNCIPE VERDEMAR

¿Dónde está la llave, Príncipe Ajonjolí?

EL PRÍNCIPE AJONJOLÍ

La Reina la lleva colgada de la cintura.

Se oye la voz de un duende que canta con un ritmo sin edad, como las fuentes y los pájaros, como el sapo y la rana. Los ecos del castillo arrastran la canción, y en lo alto de las torres las cigüeñas escuchan con una pata en el aire. La actitud de las cigüeñas anuncia a los admiradores de Ricardo Wagner.

EL DUENDE

¡Dame libertad,
paloma real!
¡Palomita que vuelas tan alto,
sin miedo del gavilán!

EL PRÍNCIPE VERDEMAR

¿Quién canta en el torreón? ¡No conozco esa voz!

EL PRÍNCIPE AJONJOLÍ

Un duende del bosque, Mingo Mingote el jardinero lo cazó con un lazo, y hoy lo presentó como regalo a nuestro padre el Rey.

EL PRÍNCIPE POMPÓN

Yo nunca vi duendes, ni tampoco creí que los hubiese. Los duendes, las brujas, los trasgos, las hechicerías, ya no son cosa de nuestro tiempo, hermanos míos. Ese que el jardinero ha cazado en el bosque no será duende.

EL PRÍNCIPE AJONJOLÍ

Yo lo vi, y tiene de duende toda la apariencia, Príncipe Pompón.

EL PRÍNCIPE POMPÓN

¡Mucho engañan los ojos, Príncipe Ajonjolí!

EL DUENDE *asoma la cabeza entre dos almenas. Tiene cara de viejo: Lleva capusay de teatino, y parece un mochuelo con barbas, solamente que bajo las cejas, grandes y foscas, guiña los ojos con mucha picardía, y a los lados de la frente aún tiene las cicatrices de los cuernos con que le vieron un día los poetas en los bosques de Grecia.*

EL DUENDE

Ábreme la puerta de mi cárcel, primogénito del Rey, Príncipe Pompón, y serás feliz en tu reinado. La gracia que me pidas, ésa te daré.

EL PRÍNCIPE POMPÓN
Devuélveme la pelota y te abriré la puerta.
EL DUENDE
¿Me lo juras?
EL PRÍNCIPE POMPÓN
Mi palabra es de Rey.
EL DUENDE
Ahí va la pelota.
EL PRÍNCIPE POMPÓN
¡Gracias!
EL DUENDE
Dame libertad.
EL PRÍNCIPE POMPÓN
No puedo.
EL DUENDE
¿Y tu palabra, Príncipe Pompón?
EL PRÍNCIPE POMPÓN
Mi palabra no es una llave.
EL DUENDE
Ni tu fe de Rey.

Desaparece EL DUENDE *haciendo una cabriola. Vuelve a oírse su canción, y las cigüeñas cambian de pata, para descansar antes de caer en el éxtasis musical.*

EL PRÍNCIPE POMPÓN
Vamos a jugar, hermanos.
EL PRÍNCIPE VERDEMAR
Yo salgo el primero.

EL PRÍNCIPE AJONJOLÍ
Quien sale soy yo.
EL PRÍNCIPE POMPÓN
Yo debo salir, que soy el primogénito.
EL PRÍNCIPE VERDEMAR
En el juego de pelota eso no vale.
EL PRÍNCIPE AJONJOLÍ
Lo echaremos a suerte. El que bote más alto la pelota aquél sale.

La sopesa y pasa de una mano a otra, toma plaza y le hace dar un bote tan alto, que casi toca el pico de las torres. Vuelve a tierra la pelota, y en el rebote se entra por la ventana del torreón.

EL DUENDE

¡Dame libertad,
paloma real!
¡Palomita que vuelas tan alto,
sin miedo del gavilán!

EL PRÍNCIPE VERDEMAR
Ya nos quedamos sin pelota. Has estado muy torpe.
EL PRÍNCIPE AJONJOLÍ
El Duende nos la devolverá. ¡Señor Duende!... ¡Señor Duende!...
EL DUENDE:

¡Dame libertad,
paloma real!

¡Palomita que vuelas tan alto,
sin miedo del gavilán!

TODOS LOS PRÍNCIPES

¡Señor Duende! ¡Señor Duende!

Aparece otra vez EL DUENDE *entre las almenas, y en lo más alto de las torres puntiagudas, las cigüeñas cambian de pata.* EL DUENDE *saluda con una pirueta.*

EL DUENDE

¡Señores Príncipes! ¡Servidor de ustedes!

EL PRÍNCIPE AJONJOLÍ

Devuélveme la pelota.

EL DUENDE

Con mil amores te devolvería la pelota, si tú me devolvieses la libertad. ¿Me abrirás la puerta?

EL PRÍNCIPE AJONJOLÍ

Te la abriré.

EL DUENDE

¿Me lo juras?

EL PRÍNCIPE AJONJOLÍ

Palabra de Rey.

EL DUENDE

¡No! Palabra de Rey, no.

EL PRÍNCIPE AJONJOLÍ

¿Pues qué palabra quieres? Yo no puedo empeñarte otra. Si no soy Rey, nací para serlo, y mi palabra es conforme a mi condición.

EL DUENDE

¿Y no me podrías dar palabra de hombre de bien?

EL PRÍNCIPE AJONJOLÍ

Me estás faltando al respeto que se me debe como Príncipe de la sangre. Hombre de bien se dice de un labrador, de un viñador, de un menestral. Pero nadie es tan insolente que lo diga de un Príncipe. Hombre de honor se dice de un capitán, de un noble, de un duelista y de algunos pícaros que se baten con espadas de cartón.

EL DUENDE

Ya sé que las espadas y los sables de cartón son la mejor tramoya para presumir de caballero.

EL PRÍNCIPE AJONJOLÍ

A un Príncipe no se le puede llamar ni hombre de bien ni hombre de honor. Es depresivo.

EL DUENDE

¿Para quién?

EL PRÍNCIPE AJONJOLÍ

Para mi sangre azul.

EL DUENDE

Príncipe Ajonjolí, tendré entonces que conformarme con tu palabra real. Ahí va la pelota.

EL PRÍNCIPE AJONJOLÍ

Gracias.

EL DUENDE

Cumple tu promesa.

EL PRÍNCIPE AJONJOLÍ

Mañana la cumpliré. Yo no te dije que fuese ahora. Mañana veré a un herrero y le encargaré una llave.

EL DUENDE

Antes de esta noche vendrá el verdugo.

EL PRÍNCIPE AJONJOLÍ

Si eres duende, procura salir por la chimenea. ¡Hermanos, vamos a continuar el partido!

EL PRÍNCIPE AJONJOLÍ *hace botar la pelota.* EL DUENDE *guiña un ojo inflando las mejillas, y la pelota salta a pegar en ellas, reventándoselas en una gran risa. ¡Es el imán de las conjunciones grotescas!*

EL DUENDE

De esta vez, Príncipes míos, no tendréis la pelota sin abrirme la puerta primero.

LOS PRÍNCIPES

¡Vuélvela! ¡Vuélvela!

EL DUENDE

Os vuelvo vuestras promesas reales, que os servirán mejor que la pelota. ¡Son más huecas y más livianas!

EL PRÍNCIPE VERDEMAR

Duende, dame la pelota, y cumpliré como hombre de bien, como caballero y como Príncipe.

EL DUENDE

No tienes la llave del torreón, Príncipe Verdemar.

EL PRÍNCIPE VERDEMAR

Mis hermanos y yo derribaremos la puerta.

EL DUENDE

¿Con qué?

EL PRÍNCIPE VERDEMAR
Con los hombros.

EL DUENDE
Es muy fuerte la puerta, y antes de derribarla os habría salido joroba. Príncipes míos, estaríais muy poco gentiles.

EL PRÍNCIPE AJONJOLÍ
Nuestro padre el Rey castigará tu insolencia.

EL PRÍNCIPE POMPÓN
El verdugo cortará tu cabeza.

EL PRÍNCIPE VERDEMAR
Me duele que el engaño de mis hermanos te haga dudar de mi palabra.

EL DUENDE
Príncipe Verdemar, allí viene la Reina vuestra madre, muy señora mía. Pídele la llave, que la lleva en la faltriquera.

EL PRÍNCIPE VERDEMAR
No me la daría.

EL DUENDE
Llega a tu madre, y dile que te mire en la oreja derecha, porque te duele. Y mientras ella mira, mete la mano con tiento en su faltriquera, y saca la llave.

Sale SEÑORA REINA *con su corona. Un paje le recoge la cola del manto, un lebrel le salta al costado, en el puño sostiene un azor.*

EL PRÍNCIPE VERDEMAR

Miradme en este oído, madre.

LA REINA

¿Qué tienes?

EL PRÍNCIPE VERDEMAR

Una avispa se me ha entrado y me zumba dentro.

LA REINA

No veo nada.

EL PRÍNCIPE VERDEMAR

Dejadlo, madre, ya saldrá.

SEÑORA REINA *se agachaba para mirar en la oreja del* PRÍNCIPE. *El muchacho, guiñando un ojo, le hurtaba la llave de la faltriquera. ¡La rica faltriquera cosida con hilo de oro, hecha con el raso de un jubón que en treinta batallas sudó* SEÑOR REY! *Se va* SEÑORA REINA. EL PRÍNCIPE VERDEMAR *abre la puerta del torreón y sale* EL DUENDE.

EL DUENDE

Gracias, Príncipe mío. Si alguna vez necesitas el valimiento de un duende, no tienes más que llamarme. Toma este anillo. Cuando te lo pongas me tendrás a tu lado.

EL PRÍNCIPE POMPÓN

Nuestro padre te hará castigar cuando sepa que has abierto la puerta del torreón y dado libertad al Duende.

EL PRÍNCIPE AJONJOLÍ

Vámonos a jugar en otra parte. No viéndonos aquí, nadie sospechará de nosotros.

EL PRÍNCIPE POMPÓN

¿De nosotros dices, Príncipe Ajonjolí? Tú y yo estamos libres de toda culpa.

EL PRÍNCIPE AJONJOLÍ

¿Y si nos culpan a los tres?

EL PRÍNCIPE VERDEMAR

Si culpan a los tres, yo me declararé el solo delincuente.

EL PRÍNCIPE POMPÓN

Ahí llega el Rey, nuestro padre.

EL REY

Quiero que veáis al Duende, enredador y travieso, que deshoja las rosas en mis jardines reales, que cuando pasa la Reina sacude sobre su cabeza las ramas mojadas de los árboles, que en las cámaras de mi palacio se esconde, para fingir un eco burlesco, y que en lo alto de la chimenea se mofa con una risa hueca, que parece del viento, cuando me reúno en Consejo con mis Ministros. En los parques reales lo cazó mi jardinero, a quien acabo de recompensar con un título de nobleza. Y en memoria de este día, tan fausto en mi reinado, mandaré grabar una medalla.

EL PRIMER MINISTRO

¡Oh Rey! Mejor sería un sello de Correos. Sirve, como la medalla, de conmemoración y aumenta las rentas del Tesoro.

EL REY

No había pensado en ello. En cuanto a los Príncipes, mis hijos, quiero asociarlos a esta alegría de mi pueblo, como padre y como Rey. Príncipe Pompón, tuyo es mi caballo. Príncipe Ajonjolí, tuyo es mi manto de armiño. Príncipe Verdemar, tuya es mi espada.

LOS PRÍNCIPES

Gracias, Señor.

EL REY

Pedid a la Reina la llave del torreón.

EL PRIMER MINISTRO

Señor, la puerta está franca.

EL REY

¡Cómo! ¿Quién fue el traidor que dio libertad al Duende?

SEÑORA REINA *acude llorando. Con el hipo que trae, la corona le baila en la cabeza. El azor que lleva en el puño abre las alas, el lebrel que lleva al costado se desata en ladridos. Y saca la lengua, acezando, el paje que le sostiene la cola del manto real.*

LA REINA

¡Me han robado la llave! ¡Me han robado la llave! ¡Hay traidores en el palacio! ¡Estamos como en Rusia!

EL REY

¡Peor que en Rusia, porque aquí no hay Policía! Quisiera yo ahora comerme el corazón crudo y sin sal del que ha dado suelta a mi presa. ¡Vamos! Avisad a mi médico para que me sangre.

Los SEÑORES REYES *se parten con el cortejo de sus palaciegos.* SEÑOR REY *lleva la cara bermeja, como si acabase de abandonar los manteles.* SEÑORA REINA *no cesa de hipar, haciendo bailar la corona. Se quedan a solas los tres* PRÍNCIPES.

EL PRÍNCIPE POMPÓN

¡Buen regalo me ha hecho mi padre! Un rocín con esparavanes que no resiste encima el peso de una mosca.

EL PRÍNCIPE AJONJOLÍ

¡Pues a mí, con su manto sudado en cien fiestas reales!

EL PRÍNCIPE VERDEMAR

Yo estoy contento con mi espada.

EL PRÍNCIPE POMPÓN

¡Como que no tiene ni una mella!

EL PRÍNCIPE AJONJOLÍ

Mal podía tenerla no habiendo salido de la vaina. ¿Quieres cambiármela por el manto?

EL PRÍNCIPE VERDEMAR

No, hermano mío.

EL PRÍNCIPE POMPÓN

¿A mí, por el caballo?

EL PRÍNCIPE VERDEMAR

No.

EL PRÍNCIPE AJONJOLÍ

¿Por el manto y un sayo nuevo?

EL PRÍNCIPE VERDEMAR

Me la dio mi padre, y no la cambio por nada del mundo.

EL PRÍNCIPE POMPÓN

Tú no tienes derecho a ningún regalo del Rey. Cuando sepa que has dado libertad al Duende te degollará con esa misma espada que ahora no quieres cambiarme por el caballo.

EL PRÍNCIPE POMPÓN *arruga la frente y mira en torno con mirada torva.* EL PRÍNCIPE AJONJOLÍ *hace lo mismo. Los dos cambian una mirada a hurto de su hermano y se van.* EL PRÍNCIPE VERDEMAR *queda solo y suspira contemplando el azul.*

EL PRÍNCIPE VERDEMAR

Mis hermanos me delatarán y mi padre se comerá mi corazón crudo y sin sal. Debí haber dejado que se llevasen la espada. Tendré que huir de este palacio donde he nacido. Sólo siento no poder besar las manos de mi madre y decirle adiós... ¡Y pedirle algunos doblones para el viaje!

ESCENA SEGUNDA

Una venta clásica en la encrucijada de dos malos caminos. Arde en el vasto lar la lumbrada de urces y tojos. En la chimenea ahúma el tasajo, en el pote cuece el pernil. LA MARITORNES *pela una gallina que cacarea, el mastín roe un hueso y* EL VENTERO, *con su navaja de a tercia, pica la magra longaniza. Se albergan en la venta un* PRÍNCIPE *y un* BUFÓN. *El azar los ha juntado allí y ellos han hecho conocimiento.*

EL VENTERO

Date prisa, Maritornes. Sirve a estos hidalgos. ¿Qué desean sus mercedes?

EL BUFÓN

Beber y comer.

EL VENTERO

¿Está repleta la bolsa?

EL BUFÓN

Está vacía la andorga. ¿Cuándo has visto tú que estuviese repleta la bolsa de un pobre bufón que sólo espera poder embarcarse para las Indias?

EL VENTERO

¿No estabas al servicio de la hija del Rey Micomicón?

EL BUFÓN

¡Pobre señora mía!

EL VENTERO

¿Se ha casado?

EL BUFÓN

Hace tres días que toda la Corte viste por ella de luto.

EL PRÍNCIPE VERDEMAR

¿Cómo puede ser estando viva? Yo la he visto pasear en los jardines de su palacio, y quedé maravillado de tanta hermosura.

EL BUFÓN

Bien se advierte que sois nuevo en este reino y no tenéis noticia de la presencia del Dragón. Hace tres días que ruge ante los muros de la ciudad, pidiendo que le sea entregada la Señora Infantina. Salieron a combatirle los mejores caballeros, y a todos ha vencido y dado muerte.

EL VENTERO

El Dragón es animal invencible, y salir a pelear con él, la mayor locura.

EL BUFÓN

Por eso, yo, antes de verme en tal aprieto, dejo el servicio de la Señora Infantina y me embarco para dar conferencias en las Indias.

EL PRÍNCIPE VERDEMAR

Pues a ti no te estaría mal salir con tus cascabeles a pelear con el Dragón. ¿No eres loco? ¿No has vivido de decir locuras en la Corte?

EL BUFÓN

De decirlas, pero no de hacerlas, amigo mío. Hacerlas es negocio de los cuerdos. Los bufones somos como los poetas.

EL PRÍNCIPE VERDEMAR

A fe que no alcanzo la semejanza.

EL BUFÓN

Un poeta acaba un soneto lleno de amorosas quejas, la mayor locura sutil y lacrimosa, y tiene a la mujer en la cama con la pierna quebrada de un palo. Aparenta una demencia en sus versos y sabe ser en la vida más cuerdo que un escribano. ¿Ves ahora la semejanza? Pues aún hay otra. Cuando la música de los versos y la música de los cascabeles no basta aquí para llenar la bolsa, bufones y poetas nos embarcamos para dar conferencias en las Indias.

EL PRÍNCIPE VERDEMAR

¿Tú piensas presentarte con tal sayo en esas tierras lejanas? Procura llegar en Carnaval, que si no habrán de seguirte tirándote piedras.

EL BUFÓN

Sería una manera de anunciarme. Pero este vestido solamente pienso llevarlo en tanto no ahorre para otro. ¡Salí del palacio sin cobrar mi soldada de todo un año!

EL PRÍNCIPE VERDEMAR

¿Tanto enojo causaste con tu despedida a la Infantina? Lo comprendo, porque fue ingratitud muy grande dejarla cuando más necesitaba que la divirtieses con tus burlas y donaires.

EL BUFÓN

¿Imaginas que hay burlas capaces de divertir a quien espera la muerte entre los dientes de un terrible Dragón? Los bufones somos buenos para la gente holgazana y sin penas. Yo lo aprendí pronto, y sólo después de los banquetes dije donaires en el palacio del Rey Micomicón. Si corriste mundo, habrás visto cómo en España, donde nadie come, es la cosa más difícil el ser gracioso. Sólo en el Congreso hacen gracia las payasadas. Sin duda porque los padres de la Patria comen en todas partes, hasta en España. Por lo demás, si no cobré mis salarios fue por estar vacías las arcas reales.

EL PRÍNCIPE VERDEMAR

¿Tan mal anda el noble Rey Micomicón?

EL BUFÓN

¡Gasta mucho esa gente!

Asoma en la puerta de la venta un CIEGO *de los que la gente vieja aún llama evangelistas, como en los tiempos de José Bonaparte: Antiparras negras, capa remendada, y bajo el brazo, gacetas y romances. De una cadenilla, un perro sin rabo, que siempre tira olfateando la tierra.*

EL CIEGO

¿Adónde estás, Bertoldo?

EL BUFÓN

Acá, compadre Zacarías.

EL CIEGO

¿Estás solo?

EL BUFÓN

Sólo con un amigo que me hace la merced de pagarme la cena. Acércate.

EL CIEGO

Llama al perro para que me guíe.

EL BUFÓN

¿Cómo se llama tu perro?

EL CIEGO

De varias maneras. La mejor es llamarle enseñándole una tajada.

EL BUFÓN *toma de su plato un hueso casi mondo y lo levanta en el aire como un trofeo. El can comienza por mover el muñón del rabo y se lanza a tirar de la cadena, la boca abierta en grande y famélico bostezo.*

EL BUFÓN

Toma Salomón.

EL PRÍNCIPE VERDEMAR

Maritornes, añade un cubierto para este nuevo amigo.

EL CIEGO

¡Gracias, generoso caballero!

EL BUFÓN

Compadre Zacarías, ¿tu perro ha sido hombre alguna vez?

EL CIEGO
Nunca me lo ha dicho.
EL BUFÓN
Pues al ver la tajada hizo tales demostraciones... ¡O será que todos los hombres primero han sido perros!

LA MARITORNES *pone en la mesa el cordero, que humea y colma la fuente de loza azul, tamaña como un viejo carcamán y esportillada.*

LA MARITORNES
Aquí está el cordero.
EL CIEGO
¡Buen olor despide!
EL PRÍNCIPE VERDEMAR
¿No pensabas hallar tan buena mesa?
EL CIEGO
Cierto que no.
EL BUFÓN
Este es el ciego que vende las gacetas públicas en el palacio del Rey Micomicón.
EL CIEGO
Que las vendía, compadre Bertoldo. Era oficio tan ruin, que apenas daba para mal comer, y lo he dejado. Los reyes no pagan nunca a quien les sirve. Encomiendan a los cortesanos esas miserias, y los cortesanos las encomiendan a los lacayos, y los lacayos, cuando llegas a cobrar, salen con un palo levantado.

EL BUFÓN

De ese mismo paño tengo yo un sayo, compadre Zacarías. ¿Y cómo es hallarte en esta venta?

EL CIEGO

He venido a esperar el navío que sale para las Indias.

EL BUFÓN

¿Se quebró la soga del perro y buscas una longaniza para atarlo? Haces bien. Yo también espero el navío para las Indias.

EL PRÍNCIPE VERDEMAR

Se despuebla el reino de Micomicón. Por todos los caminos hallé gente que acudía a esperar ese navío. Sólo quedarán aquí los viejos y los inútiles.

EL BUFÓN

¡Los viejos, los inútiles! ¿Qué locuras estás diciendo? En otro tiempo algunos hubo; pero ahora se ha dado una ley para que los automóviles los aplasten en las carreteras. ¿De qué sirve un viejo de cien años? ¿De qué sirve una vieja gorda? ¿Y los tullidos que se arrastran como tortugas? Ha sido una ley muy sabia, que mereció el aplauso de toda la Corte. Así se hacen fuertes las razas. Tú es posible que no lo halles bien, porque eres un sentimental. Lo he conocido desde el primer momento, en cuanto me convidaste a cenar. ¡Eres un sentimental!

EL PRÍNCIPE VERDEMAR

Te convidé porque quiero pedirte nuevas de la Infantina.

EL BUFÓN

¡Ja!... ¡Ja!... Un sentimental. ¿Qué dices tú, compadre Zacarías?

EL CIEGO

¡Un sentimental!

EL PRÍNCIPE VERDEMAR

A ti te convidé porque jamás contemplaste a la Princesa y su hermosura no puede moverte. El bien que tú digas de ella no nacerá del encanto de tus ojos. ¡Ojalá todos los que hablan de una mujer cegasen antes de verla, que así sería más cuerdo el juicio y habría menos engañados! Yo la vi un momento pasar entre los laureles del parque real, y sólo con verla nació en mí el deseo de vencer al Dragón.

EL CIEGO

Dicen que sólo con una espada de diamante podría dársele muerte.

EL BUFÓN

Y ello es declararle inmortal, porque no existen espadas tales.

Entra un famoso rufián, que come de ser matante y cena de lo que afana la coima guiñando el ojo a los galanes, cuando se tercia. La coima viene con él.

EL BRAVO

¿Es aquí donde se cena de balde? Siéntate, Geroma.

GEROMA

Dile a ésos que me dejen sitio, Espandián.

EL BRAVO
¡Hola, bergantes! Haced un puesto a mi dama.
EL PRÍNCIPE VERDEMAR
Una silla para la señora Geroma.

Remedando los modos de la Corte, EL BUFÓN *ofrece una silla a la señora* GEROMA. ESPANDIÁN *alarga su terrible brazo y la toma para sí, afirmándola en el suelo con un golpe que casi la esportilla y mirando en torno, retador. Cuando va a sentarse,* EL PRÍNCIPE VERDEMAR *le derriba la silla. Da una costalada el matante y se levanta poniendo mano al espadón.*

EL BRAVO
¿Son éstas chanzas o veras?
EL PRÍNCIPE VERDEMAR
Veras y muy veras, señor Espandián.
EL BRAVO
Está bien, porque de chanzas tan pesadas no gusta el hijo de mi madre.
EL PRÍNCIPE VERDEMAR
Señora Geroma, aquí está vuestra silla.
GEROMA
Gracias, gentil caballero.
EL BRAVO
Y mi silla, ¿dónde está?

EL PRÍNCIPE VERDEMAR

Sólo aquellos que yo convido tienen puesto en mi mesa, señor Espandián.

EL BRAVO

Yo tengo puesto en todas partes, porque mi espada me lo asegura.

EL PRÍNCIPE VERDEMAR

Que tu espada te lo asegure no es cosa probada. Que tu insolencia te lo quita es cosa cierta.

EL BRAVO

¡Tú quieres que riñamos!

EL PRÍNCIPE VERDEMAR

Eso lo dejo a tu capricho. En todo caso, sería después de haber servido a la señora Geroma.

EL BUFÓN

El favor que se hace a la señora Geroma lo recibe el señor Espandián, y no será tan ingrato que quiera pagarlo con una estocada.

GEROMA

Espandián, marido mío, deja quieta la tajante. Repara con cuánta cortesía me trata este caballero y muéstrate agradecido.

EL BRAVO

Porque reparo cómo te escancian de beber y te colman el plato, hablo así. ¿Dónde ha nacido ese uso bárbaro de que coma la mujer y ayune el marido? ¿Es de la Grecia? ¿Es de la Roma? ¿Es de las tierras de Oriente? ¡No! Es de una región salvaje, para mí desconocida y para ti también, Geroma. Y si este caballero quiere implantar aquí tan afrentosos usos, yo se lo estorbaré con mi espada. Geroma, ese plato es mío, ese vaso es mío, esa silla, mía también.

GEROMA

¿Por qué?

EL BRAVO

Porque tú eres mía, según la Epístola de San Pablo.

GEROMA

¡Deja el vaso!

EL BRAVO

Ya te dije que es mío.

GEROMA

¡Dame el plato!

EL BRAVO

Ya te dije que es mío.

GEROMA

¡Borracho, rufián, apalea mujeres!

Se alegra la venta con tumulto. ESPANDIÁN, *tras de apurar el vaso de un solo trago, arrebata a la coima el plato lleno de cordero y pringue. La señora* GEROMA *saca las uñas, arañándole la cara, y el rufián, puesto en pie, le escacharra el plato en mitad de la cabeza.*

EL BRAVO

Geroma, a mí puedes arañarme. Un hombre como yo conoce lo que son señoras. Pero ¡cuida de no decir una sola palabra ofensiva para mi honor!

GEROMA

¡Vuélveme el plato!

EL BUFÓN

A una mujer se la mata, pero no se la falta. Seguro estoy de que se hallaría más conforme, con que le hubieses quitado la vida, la señora Geroma.

GEROMA

¡Qué hablas tú, cara de antruejo!

EL BUFÓN

Hablo en vuestra defensa, señora Geroma.

EL BRAVO

Yo basto para su defensa. Geroma, quédate siempre en las palabras, que por ser tuyas no me ofenden. Pero la mujer debe obediencia al marido, y si lo olvidas, he de recordártelo, no por mí, sino por la devoción que tengo al Santo Apóstol San Pablo.

EL PRÍNCIPE VERDEMAR

Cesad en vuestro llanto, señora Geroma, y decid a vuestro marido que yo le pagara la cena si fuera mayor su cortesía.

EL BRAVO

Con poca o mucha cortesía, ya veis cómo he cenado a vuestra costa. Y si queréis cobraros, sacad la espada.

Derribando la silla, se levanta ESPANDIÁN *y, con la capa revuelta al brazo, a guisa de broquel, y la espada en la mano, toma campo en mitad de la cocina.* EL

PRÍNCIPE *pone también mano a su espada. Riñen con mucho estruendo, y* EL PRÍNCIPE VERDEMAR *hiere a* ESPANDIÁN. *El perro del* CIEGO, *en un rapto de risa, se muerde el rabo.*

EL PRÍNCIPE VERDEMAR
Ya te has cobrado.

EL BRAVO
Ya puedes decir que eres un valiente. Dame la mano. Cruzaste noblemente tu acero con Espandián y no te guardo rencor. Claro está que yo no desenvolví todo mi juego. Eres tan niño, que al ver tu cara de arcángel me entraba no sé qué compasión, y parecía que el brazo se me quedaba sin fuerza. Habrás visto que por dos veces pude matarte: Una, de un bote recto; otra, de una flanconada.

GEROMA
En mitad del corazón he recibido yo esa estocada. Vos no sabéis, señor, el genio de este hombre cuando está herido. ¿Veis mis carnes tan blancas? Serán de negro terciopelo mañana.

EL BUFÓN
Tiene la herida en el brazo, señora Geroma.

GEROMA
¡Ay! Mi Espandián es ambidiestro.

EL BRAVO
Este joven caballero ha visto que le perdoné la vida, y me hará la merced de prestarme algunos doblones para curarme.

EL PRÍNCIPE VERDEMAR

Ni las tretas de vuestra espada ni vuestras palabras tienen poder para abrir mi bolsa. Si estáis arrepentido de haberme perdonado la vida, podéis cobraros volviendo a reñir, puesto que sois ambidiestro.

EL BRAVO

¡Volveremos a reñir! ¡Te abriré la sepultura con mi espada!

EL PRÍNCIPE VERDEMAR

Vamos a verlo.

EL BRAVO

Ahora, no. Ya sabrás de mí. Cuéntate con los muertos.

Al abrirse la puerta de la cocina para dejarle paso, se ve la noche azul y una gran luna sangrienta. Sale arrastrando de un brazo a la coima.

EL CIEGO

Volverá, no lo dudéis. Es el jefe de una banda de malhechores, y volverá con sus compañeros. Si queréis salvar la vida, debéis huir.

EL PRÍNCIPE VERDEMAR

Ya habéis visto que sé defenderme con la espada en la mano.

EL BUFÓN

Pero contra el número nada puede la destreza. ¿No habéis oído un silbido? Es la señal para reunir a su gente. Atrancad, maese Trabuco.

EL VENTERO *avizora desde la puerta, en la oscuridad de la noche, y luego, con las manos temblonas, cierra y pone la tranca.* LA MARITORNES *bate los dientes apretando los ojos. Dos gallos cacarean en la caponera, rosman el gato y el perro, y* EL BUFÓN, *como un perlático, hace sonar sus mil cascabeles.*

EL VENTERO

Se divisan bultos de embozados que se ocultan en el quicio de las puertas. En cuanto pongáis el pie fuera de estos umbrales os matarán.

EL PRÍNCIPE VERDEMAR

¿Y pensáis que habré de encerrarme aquí como en un castillo encantado? Vamos afuera.

EL VENTERO

En ese caso, dejad saldada nuestra cuenta.

EL PRÍNCIPE VERDEMAR

Toma.

Le arroja una bolsa llena de oro. EL VENTERO *la recoge en el aire, haciendo una pirueta. Va* EL PRÍNCIPE *a salir, y* EL BUFÓN *se le pone delante abriendo los brazos.*

EL BUFÓN

A un caballero tan generoso, que nos ha pagado la cena de esta noche y que puede pagarnos la de otras, yo no le consiento que vaya a morir como una res.

EL CIEGO
Ni yo.

EL PRÍNCIPE VERDEMAR
Dejadme.

EL BUFÓN
Si quieres salir, puedes hacerlo con un disfraz.

EL PRÍNCIPE VERDEMAR
Dejadme os digo.

EL CIEGO
Una cosa es ser valiente y otra ser temerario.

MARITORNES
¡Qué dolor! ¡Un caballero tan joven y tan bien parecido!

EL VENTERO
Tomad un disfraz, como os aconseja el compadre Bertoldo.

EL BUFÓN
¿Ves esta criba? Así te pondrán la piel.

EL PRÍNCIPE VERDEMAR
Abrid la puerta. Veréis cómo mi espada me asegura el camino.

MARITORNES
Gentil caballero, ¿por qué no tomáis un disfraz como os aconsejan vuestros amigos? ¿Queréis mi basquiña?

EL PRÍNCIPE VERDEMAR
¡Jamás!

EL BUFÓN
Tomad mi traje de bufón. ¡Siempre que me dejéis el vuestro!

EL PRÍNCIPE VERDEMAR

¡Sea! Tal vez tu traje me ayude en mis designios.

EL VENTERO

Entrad ahí.

Desaparecen por un arco que hay en el muro, y casi al mismo tiempo se oye fuera el rumor de los brigantes que manda ESPANDIÁN. *A poco llaman en la puerta con el pomo de los puñales.*

EL BRAVO

¡Maese Trabuco!

EL VENTERO

¿Quién va?

EL BRAVO

¡Abrid con mil diablos!

EL VENTERO

¿Quién va digo?

EL CIEGO

¡Espandián con su gente! ¡El Juicio Final!

EL BRAVO

¡Derribad la puerta, amigos míos!

EL VENTERO

Esperad. ¿Sois el señor Espandián?

EL BRAVO

Al fin reconoces mi voz, bergante.

EL VENTERO

¿Pero por qué no decíais vuestra gracia? Esperad, que voy por la llave. ¡Daos prisa vosotros!

Abre la puerta. Entra ESPANDIÁN *con su banda. Todos miran de través. Unos se tuercen el mostacho, otros se llevan la mano al puño de la espada, otros permanecen en la sombra, con el embozo a los ojos.* ESPANDIÁN *se adelanta. Y a todo esto,* EL PRÍNCIPE VERDEMAR *se desliza pegado al muro, vestido de bufón. Hace una reverencia y sale a la noche quimérica y azul, bajo la cara chata de la luna.* MARITORNES *suspira.*

EL BRAVO
¿Dónde está ese tocino del cielo?

EL VENTERO
¿Dónde está ese mozuelo atrevido? Llámale, Maritornes. Que me pague la cuenta, y luego la suya al señor Espandián.

MARITORNES
¡Caballero, salid! Acá os buscan. ¿Para qué digo que le buscáis?

EL BRAVO
Para una urgencia. Pero yo iré a sacarle de su escondite.

Pasa bajo el arco ESPANDIÁN, *con la espada desnuda, y sale trayendo suspendido del cuello al* BUFÓN, *que aparece en pernetas, con calzones de franela amarilla. Entre las manos del* BUFÓN *cuelga lacio el vestido de* EL PRÍNCIPE VERDEMAR.

EL BUFÓN

Me habéis salvado la vida, señor Espandián. Poco faltó para que ese mozuelo me pasase con su espada. Al pecho me la puso para que le entregase mi sayo. ¡Y no paró ahí! Quiso obligarme a que me pusiese su vestido para que me confundieseis con él y me mataseis. Me habéis salvado, señor Espandián. ¡Dejadme que os bese las manos!

EL BRAVO

No sé por qué, pero todo lo que cuentas se me antoja una fábula. ¡Ay de ti si fuiste cómplice en el engaño! Venga ese traje.

EL BUFÓN

Dejad que me lo ponga. Ya deshecho el engaño, no hay reparo...

EL BRAVO

Venga, digo.

EL BUFÓN

¿Me dejaréis morir de frío? Ya me he resfriado.

Abre la boca con un gran estornudo y hace la santiguada. El matante pasa a las manos de la coima el vestido del PRÍNCIPE VERDEMAR. *La señora* GEROMA *remira los calzones al trasluz.*

GEROMA

Algo pasado está. Pero yo te lo dejaré como nuevo.

EL BUFÓN

Maritornes, ¿quieres prestarme tu basquiña?

MARITORNES
Sólo tengo la puesta.

EL BUFÓN
¿No te da compasión de verme temblar?

MARITORNES
Acercaos al fuego.

Salta sobre el hogar y se sienta en la boca del pote, embullando y farsando para desarrugar el ceño del matante. Se oye fuera un pregón.

GEROMA
¿Será el pregón de tu cabeza, Espandián?

EL BUFÓN
Entonces me haríais el favor de dejarme el vestido.

EL PREGONERO
¡Oíd! El poderoso Rey Micomicón hace saber a todos, caballeros y villanos, que aquel que diese muerte al Dragón, salvando la vida de la Señora Infantina, será con ella desposado. El poderoso Rey Micomicón dará en dote la mitad de su reino a la Señora Infantina.

EL BRAVO
He ahí una empresa digna de mi brazo. Geroma, tendré que repudiarte.

ESCENA TERCERA

En un jardín del palacio del REY MICOMICÓN. *Jardín con rosas y escalinatas de mármol, donde abren su cola los pavos reales. Un lago y dos cisnes unánimes. En el laberinto de mirtos, al pie de la fuente, está llorando la hija del Rey. De pronto se aparece a sus ojos, disfrazado de bufón,* EL PRÍNCIPE VERDEMAR.

EL PRÍNCIPE VERDEMAR
¡Señora Infantina!

LA INFANTINA
¿Quién eres?

EL PRÍNCIPE VERDEMAR
¿Por qué me preguntas quién soy cuando mi sayo a voces lo está diciendo? Soy un bufón.

LA INFANTINA
Me cegaban las lágrimas y no podía verte. ¿Qué quieres, bufón?

EL PRÍNCIPE VERDEMAR
Te traigo un mensaje de las rosas de tu jardín real. Solicitan de tu gracia que no les niegues el sol.

LA INFANTINA

El sol va por los cielos, mucho más levantado que el poder de los reyes.

EL PRÍNCIPE VERDEMAR

El sol que piden las rosas es el sol de tus ojos. Cuando yo llegué ante ti, señora mía, los tenías nublados con tu pañolito.

LA INFANTINA

¿Qué pueden hacer mis ojos sino llorar?

EL PRÍNCIPE VERDEMAR

Por unos soldados supe tu desgracia, Señora Infantina. Dijeron también que estabas sin bufón, y aquí entré para merecer el favor de servirte. Ya sólo para ti quiero agitar mis cascabeles, y si no consigo alegrar la rosa de tu boca, permíteme que recoja tus lágrimas en el cáliz de esta otra rosa.

De un rosal todo florido y fragante que mece sus ramas al viento, EL PRÍNCIPE VERDEMAR *corta la rosa más hermosa y se la ofrece a* LA INFANTINA, *arrodillado ante ella, recordando a un bufón de Watteau.*

LA INFANTINA

¿Para qué?

EL PRÍNCIPE VERDEMAR

Para beberlas.

LA INFANTINA

¿Has probado alguna vez las lágrimas, bufón? ¡Son muy amargas!

EL PRÍNCIPE VERDEMAR

Divino licor para quien tiene por oficio decir donosas sales.

LA INFANTINA

Pero ¿en verdad eres lo que representa tu atavío?

EL PRÍNCIPE VERDEMAR

¿Por qué lo dudas?

LA INFANTINA

Porque tienen tus palabras un son lejano que no cuadra con tu caperuza de bufón. ¿Hace mucho que llevas los cascabeles?

EL PRÍNCIPE VERDEMAR

Desde que nací. Primero me cantaron en el corazón; después florecieron en mi caperuza.

LA INFANTINA

Yo tuve un bufón, que me abandonó poco hace. No se parecía a ti.

EL PRÍNCIPE VERDEMAR

Todos los bufones somos hermanos, pero una misma canción puede tener distintas músicas. ¿Quieres tomarme a tu servicio, gentil Señora? Mis cascabeles nunca te serán importunos. Si estás alegre, repicarán a gloria; si triste, doblarán a muerto. Los gobernaré como gobierna las campanas un sacristán.

LA INFANTINA

Poco tiempo durarías en mi servicio.

EL PRÍNCIPE VERDEMAR

¿Poco?

LA INFANTINA

Si conservas esta rosa, puede durar más tiempo en tus manos. ¡Hoy es el día de mi muerte! Para salvar el reino debo morir entre las garras del Dragón.

EL PRÍNCIPE VERDEMAR

Conservaré la rosa hasta mañana.

LA INFANTINA

Bufón mío, prométeme que irás a deshojarla sobre mi sepultura.

EL PRÍNCIPE VERDEMAR

Tú no morirás, Infantina. Mañana cortarás en este jardín otra rosa para tu bufón, que te saludará con la más alegre música de sus cascabeles de oro.

LA INFANTINA

Aunque esté bajo tierra, creo que los oiré. ¡Qué divino son tienen tus cascabeles!

Se va LA INFANTINA, *y* EL PRÍNCIPE VERDEMAR *la mira alejarse por los tortuosos senderos del laberinto, como perdida o encantada en él. En el fondo excavado de un viejo roble, canta* EL DUENDE.

EL PRÍNCIPE VERDEMAR

¡Princesa de mis sueños, moriré en la demanda o triunfaré del Dragón!

EL DUENDE

¡Me diste libertad,
mi paloma real!
¡Palomita que vuelas tan alto,
sin miedo del gavilán!

EL PRÍNCIPE VERDEMAR

¡Ah! ¡El Duende! Le llamaré en mi auxilio. Afortunadamente, conservo el anillo que me dejó cuando le abrí la puerta del torreón.

EL DUENDE

Aquí estoy, Príncipe mío. ¿Qué deseas?

EL PRÍNCIPE VERDEMAR

Tu ayuda para triunfar del Dragón.

EL DUENDE

Ven conmigo. Tendrás la espada de diamante.

ESCENA CUARTA

Un bosque de mil años, en el Reino del REY MICOMICÓN. *La Señora* INFANTINA *aparece entre un largo cortejo de damas y meninas, pajes y chambelanes.* EL MAESTRO DE CEREMONIAS *anda entre todos batiendo el suelo con su porra de plata. En los momentos de silencio, meninas y pajes, damas y chambelanes accionan con el aire pueril de los muñecos que tienen el movimiento regido por un cimbel. Saben hacer cortesías y sonreír con los ojos quietos, redondos y brillantes como las cuentas de un collar.*

LA INFANTINA
¡Dejadme aquí!

EL MAESTRO DE CEREMONIAS
¡Imposible, Señora Infantina!

LA INFANTINA
¡Ved que no puedo más!

EL MAESTRO DE CEREMONIAS
Imposible acceder a vuestro ruego.

LA INFANTINA

¡Sois cruel, Señor Maestro de Ceremonias! Decidme, al menos, cuánto falta de camino.

EL MAESTRO DE CEREMONIAS

Yo no puedo decíroslo con certeza. Unos aldeanos a quienes antes interrogué me dijeron que la carrera de un galgo.

LA INFANTINA

¡Qué camino tan penoso!

EL MAESTRO DE CEREMONIAS

¡Un poco de ánimo! El paraje donde el Dragón se come a las Princesas ya no puede hallarse muy distante. ¡La carrera de un galgo no es gran cosa!

LA INFANTINA

¡Estoy desfallecida!

EL MAESTRO DE CEREMONIAS

Descansad un momento.

LA INFANTINA

¡No puedo dar un paso! ¿Por qué no me dejáis aquí, Señor Maestro de Ceremonias?

EL MAESTRO DE CEREMONIAS

¡Imposible, Señora Infantina! ¡La etiqueta establece que seáis entregada al Dragón en la Fuente de los Enanos! ¡Es el uso desde hace dos mil años! La Corte del Rey vuestro padre mantiene en vigor las pragmáticas del buen Rey Dagoberto, y por la decimoquinta se establece que cada vez que el Dragón se presente a reclamar una Princesa, ésta le sea llevada a la Fuente de los Enanos. ¡No podemos romper una tradición tan antigua!

LA INFANTINA

¡Por lo mismo que es antigua, Señor Maestro de Ceremonias!

LA DUQUESA

Casi estoy por darle la razón a mi Señora la Infantina. Ya sabéis que soy severísima en cuanto atañe a la etiqueta; pero ahora me siento compadecida. Si el Dragón es el soberano del bosque, poco puede importarle que la Señora Infantina le sea entregada en la Fuente de los Enanos o en otro paraje de sus dominios.

EL MAESTRO DE CEREMONIAS

¡Mentira me parece oír eso de vuestros labios, Duquesa! ¡Vos, educada en la etiqueta del gran siglo!

LA INFANTINA

Pero toda vuestra etiqueta, Señor Maestro de Ceremonias, la guardáis para el Dragón. ¡Para mí, que me veis rendida de cansancio, ni etiqueta ni compasión!

EL MAESTRO DE CEREMONIAS

Yo sigo los usos tradicionales de la Corte.

LA DUQUESA

Amigo mío, consultad si hay precedentes de que otra Infantina se haya fatigado en el camino como nuestra Señora, y ved lo que se ha hecho entonces.

LA INFANTINA

¡Ya os digo que no puedo andar! Con precedentes o sin ellos, aquí me siento y de aquí no me muevo.

EL MAESTRO DE CEREMONIAS

¡Estas maneras, Duquesa, no las habréis visto en el gran siglo!

LA DUQUESA

En todo tiempo, amigo mío, hubo niñas voluntariosas y mimadas.

EL MAESTRO DE CEREMONIAS

¿Qué hacéis, Señora Infantina?

LA INFANTINA

Descansar a mi gusto, Señor Maestro de Ceremonias. Voy a morir para salvar al reino de ser destruido, no para que vos hagáis alarde de vuestra ciencia como Maestro de Ceremonias. Todos reconocemos vuestra erudición. Sois en el reino de mi padre el más sabio de los tontos. Pero yo soy una niña que sólo sabe morir por salvaros a todos. Nunca he leído las pragmáticas del Rey Dagoberto, y no es cosa de que en este momento me aburráis con ellas.

EL MAESTRO DE CEREMONIAS

¿Qué le diremos al Rey vuestro padre? ¿Qué disculpa le daremos?

LA INFANTINA

Llevadle mis chapines y decidle que me hacían tanto daño que no podía andar con ellos.

LA DUQUESA

¡Una idea! Haced lo que os dice la Señora Infantina, y entablad una reclamación contra el zapatero. Eso podría arreglarlo todo.

EL MAESTRO DE CEREMONIAS

No habrá otro remedio que considerarlo caso de fuerza mayor.

LA DUQUESA

Dadme a besar vuestras manos, niña mía. Dejad que os llame así esta última vez que nos vemos. No debías ser, no, la primera en partir del mundo. ¡Ah! ¡Quién pudiera morir por vos!

LA INFANTINA

¡Adiós, Duquesa! Decidle al Rey mi padre que muero contenta porque salvo a su reino.

EL MAESTRO DE CEREMONIAS

No me guardéis rencor, Señora Infantina, y dadme también las manos a besar.

LA INFANTINA

Con toda mi alma. Si ahora me habéis mortificado, no puedo olvidar que cuando niña me habéis divertido enseñándome la pavana y el minué. Pero si el Cielo alarga tanto vuestra vida que podáis conducir otra princesa como tributo al Dragón, recordad que hay precedentes, y que no es preciso llegar a la Fuente de los Enanos.

EL MAESTRO DE CEREMONIAS

La pena de no ver a mi Señora la Infantina me matará este invierno.

LA DUQUESA

¡Adiós, mi niña adorada!

LA INFANTINA

¡Adiós!

EL MAESTRO DE CEREMONIAS

Vamos, Duquesa, que si la noche nos coge en el bosque, no sabremos salir.

LA DUQUESA

¿Hay lobos?

EL MAESTRO DE CEREMONIAS

¡Siempre hay lobos en los bosques!

LA DUQUESA

¡Y no lleváis armas!

EL MAESTRO DE CEREMONIAS

Llevo el Discurso de la Corona. ¿No sabéis que los lobos se ahuyentan con la música?

LA DUQUESA

Niña mía, perdona que te deje con tal premura; pero ya comprendes cómo tendría que morirme de vergüenza si la noche me cogiese sola en el bosque con el Señor Maestro de Ceremonias. Vamos.

EL MAESTRO DE CEREMONIAS

Os daré la mano.

LA DUQUESA

¡Gracias! ¿Lleváis los chapines de la Infantina?

EL MAESTRO DE CEREMONIAS

¡Aquí los llevo! En estos momentos supremos no he querido contradecir a la pobre niña, pero los usos tradicionales no pueden cambiar, porque en esta ocasión, única en dos mil años, no hayamos llegado a la Fuente de los Enanos.

LA DUQUESA

¿Vos no aceptáis que sea un precedente?

EL MAESTRO DE CEREMONIAS

¡De ninguna manera! Podría serlo, en todo caso, para modificar la forma de los chapines haciéndolos más cómodos para caminar por estos andurriales, pero de ninguna manera para modificar una pragmática del buen Rey Dagoberto. ¡Adónde iríamos a parar!

LA INFANTINA *queda sola en el bosque, sentada al pie de un árbol lleno de nidos y de cantos de ruiseñor. Damas y chambelanes, meninas y pajes se retiran lentamente. Con sus ojos de porcelana y sus bocas pueriles tienen un aire galante y hueco de maniquíes.*

LA INFANTINA

¡Guerreros soberanos de mi estirpe! ¡Reyes y Reinas! ¡Blancas Princesas, como yo sacrificadas a la furia del monstruo! ¡Dadme el aliento para saber morir! Me cubriré con mi manto. ¡No quiero que puedan ver el miedo en mi rostro ni aun los pájaros del cielo!

Aparece EL REY MICOMICÓN, *la melena al viento. Es un gigante de cien años, con largas barbas como el viejo Emperador Carlomagno. Camina desorientado, y al ver a su hija, la Señora* INFANTINA, *da un gran grito.*

EL REY MICOMICÓN

¡Hija! ¡Al fin te encuentro!

LA INFANTINA

¿Cómo estáis aquí, padre mío?

EL REY MICOMICÓN

He salido del palacio disfrazado. Vengo para salvarte. ¡Oh! ¡Qué zozobras he sentido al correr este bosque sin hallarte por parte alguna! ¡Creía llegar tarde! ¡Vamos, hija mía! Cerca de aquí me espera tu paje fiel, con un caballo.

LA INFANTINA

No tengo chapines, padre mío.

EL REY MICOMICÓN

¡Oh! ¡Qué niña loca! Te llevaré en brazos.

LA INFANTINA

¿Adónde, padre mío?

EL REY MICOMICÓN

A una tierra lejana y feliz donde no haya monstruos. Para salvarte, renuncio a mi Corona.

LA INFANTINA

Y vuestro reino todo será abrasado por los ojos del Dragón. ¡No, padre mío!

EL REY MICOMICÓN

Entonces ya no sería mi reino, hija querida.

LA INFANTINA

Yo quiero salvar a todos los que una vez besaron mis manos como Infantina. ¡Dejad, Señor, que se cumpla mi destino de flor que deshoja el viento!

EL REY MICOMICÓN

¡Qué triste fin el de mi reinado!

LA INFANTINA

¡Volved al palacio, Señor! Haced feliz a vuestro pueblo. Ahora que sois desgraciado podréis conseguirlo mejor, que son los ojos más clementes los que miran llenos de lágrimas. Apartaos las barbas con la mano para que os pueda besar.

EL REY MICOMICÓN

¡Adiós, hija mía, Blanca Flor!

LA INFANTINA

¡Adiós, padre mío!

EL REY MICOMICÓN

¡Nunca pensé que pudiese recorrer un camino tan lleno de espinas siendo Rey!

Se aleja EL REY *por aquel bosque antiguo, lleno de ecos como un sepulcro. Camina despacio y con anhelo, sacudida la espalda por los sollozos. Aparece* EL PRÍNCIPE VERDEMAR *con una armadura resplandeciente, semejante a un Arcángel.*

EL PRÍNCIPE VERDEMAR

Princesa de mis sueños, soy un enamorado de tu hermosura, y vengo de lejanas tierras para vencer al Dragón.

LA INFANTINA

El Dragón es invencible, noble caballero.

EL PRÍNCIPE VERDEMAR

Si fuese como dices, bastaría para mi gloria dar la vida en tu defensa. ¡Ya está ahí el Dragón!

Óyese el vuelo del DRAGÓN *rompiendo las ramas de los árboles y asustando a los pá-*

jaros. Es un monstruo que tiene herencia de la serpiente y del caballo, con las alas del murciélago.

LA INFANTINA

Yo no quiero que tan noble vida se aventure en una muerte cierta. Huid, generoso paladín.

EL PRÍNCIPE VERDEMAR

Son hermanos tu destino y mi destino. Sea una nuestra suerte, y la estrella de la tarde, que ahora nace en el cielo, vea nuestra desgracia o nuestra ventura.

EL PRÍNCIPE VERDEMAR *pelea con el* DRAGÓN. *La boca del monstruo descubre siete hileras de dientes. Hay un momento en que el paladín siente desmayar su brío. Pero le anima el sentimiento divino del amor, y levantando a dos manos la espada, que parece un rayo de sol, da muerte al* DRAGÓN.

LA INFANTINA

¿Quién sois, que poseéis la espada de diamante? Vuestra es mi vida, valeroso guerrero. Llevadme a la Corte de mi padre, y mi reino será vuestro.

EL PRÍNCIPE VERDEMAR

Sólo puedo conduciros hasta las puertas de la ciudad. Un voto me impide entrar en poblado.

LA INFANTINA

Juradme al menos que aún os veré otra vez.

EL PRÍNCIPE VERDEMAR

Os lo juro.

LA INFANTINA

¡Ay! No tengo chapines.

EL PRÍNCIPE VERDEMAR

Yo tengo para ti, Infantina, unos chapines de oro.

EL DUENDE *sale de la enramada con unos chapines de piedras preciosas, y los deja sobre la yerba. De un salto, como lo dan las ranas y los sapos, desaparece.*

LA INFANTINA

¡Oh! ¡Qué lindos! Sólo las hadas de los cuentos los tienen así.

EL PRÍNCIPE VERDEMAR

¿Me dejas encerrar en ellos los lirios de tus pies?

LA INFANTINA

¿Y tú no olvidarás la promesa de volver a verme?

EL PRÍNCIPE VERDEMAR

Aun cuando quisiera olvidarla, no podría.

Se alejan, y buscan el camino el uno en los ojos del otro. Y van así por el bosque, que empieza a llenarse de sombras, y los ruiseñores cantan en sus nidos. EL DUENDE *sale cauteloso del tronco de un árbol. Pone el pie sobre la cabeza del* DRAGÓN *y le arranca la lengua.*

EL DUENDE

Le extraeré el veneno de la lengua y lo venderé en la Corte del Rey Micomicón a los poetas y a las damas que murmuran de todo.

UNA PASTORA PASA CANTANDO

¡Quien a la sierpe matará,
con la Infantina casará!
¡Quien diere muerte al Dragón,
reinaría en el reino de Micomicón!

ESCENA QUINTA

En los jardines reales. El pavón, siempre con la cola abierta en abanico de fabulosos iris, está sobre la escalinata de mármol que decoran las rosas. Y al pie, la góndola de plata con palio de marfil. Y los cisnes duales en la proa bogando, musicales en su lirada curva. LA INFANTINA *pasea en la góndola.* LA DUQUESA *le da compañía en calidad de dama de respeto.*

LA DUQUESA
Ya veis cómo me había vestido de luto. No me importa, porque un vestido negro nunca sobra. ¿Y decís, niña mía, que era un bello paladín?

LA INFANTINA
Bello más que el sol.

LA DUQUESA
¿Cómo no habrá venido a recibir la recompensa? Sin duda, no sabe que al vencedor le será otorgada vuestra mano.

LA INFANTINA

¡Acaso no me ame!

LA DUQUESA

¿No amaros, y os ha visto? Y aun cuando no fuese para desposaros, debía venir para que le conociésemos las damas de la Corte.

LA INFANTINA

¡Él me prometió venir un día!

LA DUQUESA

Entonces cumplirá su palabra.

LA INFANTINA

Yo le espero siempre.

LA DUQUESA

¿Vos ya le amáis?

LA INFANTINA

Cuando se me apareció en el bosque, creí que le había visto otra vez. Pero ¡no pude reconocerle!

LA DUQUESA

¿Le habíais visto en sueños?

LA INFANTINA

Eso pensé yo.

LA DUQUESA

Si me dais permiso, voy a quitarme estas tocas de luto. Me vestiré de colorado.

Desembarcan en la escalinata de mármol. EL PRÍNCIPE VERDEMAR, *con traje de bufón, las saluda haciendo una pirueta.* LA DUQUESA *da un respingo, porque odia la parla atrevida y aviesa de tales locos.* EL PRÍNCIPE *le grita a la oreja.*

EL PRÍNCIPE VERDEMAR

¿Vestiros de colorado? ¡No hagáis tal!

LA DUQUESA

¡Qué necio asombro!

EL PRÍNCIPE VERDEMAR

Duquesa gaitera os van a llamar.

LA DUQUESA

No me importa.

EL PRÍNCIPE VERDEMAR

Además, siempre es peligroso vestir de colorado en la Corte.

LA DUQUESA

¿Por qué?

EL PRÍNCIPE VERDEMAR

Es el color con que se llama a los toros.

LA DUQUESA

Con vuestro permiso, Señora Infantina.

> LA DUQUESA, *con un gesto impaciente, rechaza al bufón.* EL PRÍNCIPE VERDEMAR *le hace una mueca. Después, como si un pensamiento le cambiase el rostro y el alma, suspira contemplando a* LA INFANTINA.

LA INFANTINA

A tiempo llegas para divertirme, bufón.

EL PRÍNCIPE VERDEMAR

¿Estás triste, Señora mía? ¿Cuáles son tus penas?

LA INFANTINA

No tengo penas. Sólo tengo recuerdos y quiero olvidar.

EL PRÍNCIPE VERDEMAR

No se olvida cuando se quiere.

LA INFANTINA

Dicen que hay una fuente...

EL PRÍNCIPE VERDEMAR

Esa fuente está siempre al otro extremo del mundo. Para llegar a ella hay que caminar muchos años.

LA INFANTINA

Pero ¿se olvida al beber sus aguas?

EL PRÍNCIPE VERDEMAR

Se olvida sin beberlas. Es el tiempo quien hace el milagro, y no la fuente. Cuando una peregrinación es larga, se olvida siempre...

LA INFANTINA

¿Y se es feliz al olvidar?

EL PRÍNCIPE VERDEMAR

Eso podrán decírtelo los viejos.

LA INFANTINA

Se lo preguntaré a la Duquesa.

EL PRÍNCIPE VERDEMAR

¡No hagas tal, Señora mía! La Duquesa no ha olvidado por vieja, sino por mujer. Y tú, ¿has olvidado con qué palabras me diste esta rosa?

LA INFANTINA

¡Es verdad! Tú fuiste el único que encendió mi corazón con una esperanza, asegurándome que no sería víctima del Dragón. ¿Cómo podías saberlo?

EL PRÍNCIPE VERDEMAR

Se lo pregunté a una margarita deshojándola.

LA INFANTINA

¿Y no le has preguntado si un día volverá mi paladín?

EL PRÍNCIPE VERDEMAR

Se lo he preguntado.

LA INFANTINA

¿Y qué dijo la flor?

EL PRÍNCIPE VERDEMAR

Que volverá.

Aparece EL REY MICOMICÓN, *con manto de armiño, corona y cetro. Los cortesanos aparecen tras él. Damas y galanes cambian sonrisas y miradas pueriles.*

EL REY MICOMICÓN

¡Hija mía, Blanca Flor, logrado es tu anhelo! Un heraldo acaba de anunciarme la llegada del caballero vencedor del Dragón. ¿Oyes el son de esa trompa? Su poderoso aliento la hace sonar.

LA INFANTINA

¡Cómo tiembla mi corazón al esperarle!

EL PRÍNCIPE VERDEMAR

Aquella tarde que imaginabas ir a la muerte, me ofreciste una rosa si volvías a tu jardín. ¡Que la dicha no te haga veleidosa!

LA INFANTINA

Te la daré otro día.

EL PRÍNCIPE VERDEMAR

¡Ay, mi Señora! ¡Qué pronto aprendiste la ciencia del olvido! Sólo deseo que te sirva para ser feliz.

LA INFANTINA

Déjame, bufón. Tendrás, en vez de la rosa, un vestido nuevo, y eso saldrás ganando.

EL PRÍNCIPE VERDEMAR

Un paladín se anuncia como tu salvador, y no podrás reconocerle. ¡Cuando olvida el corazón, también olvidan los ojos!

EL MAESTRO DE CEREMONIAS

¡Señora Infantina! ¡Oíd! Pide venia para saludaros el más poderoso caballero de la Cristiandad, el que ciñe la espada de diamante, el que dio muerte al Dragón.

Aparece ESPANDIÁN. *Las guías del mostacho estupendas y retorcidas, casi le tocan las orejas. Su espadón, de siete cuartas, da temblores. Por bajo el ala del chapeo, uno de sus ojos asesta terribles miradas, porque el otro lo trae cubierto con un parche.*

EL BRAVO

Hija del Rey, dame tus manos a besar.

LA INFANTINA

¿Dónde queda tu señor?

EL BRAVO

Nunca tuve señor.

LA INFANTINA
El valeroso paladín a quien debo la vida, y de quien, sin duda, traes algún mensaje, ¿dónde queda?

EL BRAVO
Yo soy ese paladín, hija del Rey. Me desconoces porque las lágrimas te cegaban en aquellos momentos y no te permitían ver bien. Era como si tuvieses telarañas en los ojos.

LA INFANTINA
¡Aquél era un hermoso caballero!

EL BRAVO
¿Yo no te parezco hermoso?

LA INFANTINA
¡Tú eres un impostor! Padre mío, mandad que le azoten.

EL REY MICOMICÓN
Si es verdad lo que dices, le mandaré ahorcar.

EL BRAVO
Rey de Micomicón, te daré tales pruebas, que sea imposible dudar de mis palabras. Tu hija es natural que no me reconozca. En aquel instante debí parecerle bello como un arcángel. ¡Además, ya he dicho que lloraba hilo a hilo!

EL REY MICOMICÓN
Seca tus ojos, hija mía. Mírale bien. ¿No hay ningún rasgo que te lo recuerde?

LA INFANTINA
Ninguno.

EL REY MICOMICÓN
¿La voz acaso?

LA INFANTINA

¡Era una música aquella voz!

EL BRAVO

Como ahora estoy ronco, no la reconoce.

EL REY MICOMICÓN

¿Qué pruebas puedes darme de que eres tú quien dio muerte al Dragón?

EL BRAVO

La cabeza del monstruo.

EL REY MICOMICÓN

¿Dónde está?

EL BRAVO

La guardan mis criados, que esperan a la puerta del palacio.

EL REY MICOMICÓN

¡Que comparezcan inmediatamente!

EL BRAVO

Tocaré mi bocina.

ESPANDIÁN *sopla en un caracol marino con tan potente aliento, que los pájaros caen de los árboles. Se presentan cuatro bandoleros, que en unas andas de ramaje traen la cabeza del* DRAGÓN. *Al verla algunas damas se cubren los ojos y miran por entre los dedos.*

EL REY MICOMICÓN

¡Caminan agobiados!

EL BRAVO

Es pesada como una tesis doctoral. ¡Vedla! Mi espada le atravesó la frente... Catad el agujero.

EL REY MICOMICÓN

Hija mía, toda duda es imposible. Vuelve los ojos a este valeroso caballero, pídele perdón por haber dudado y ofrécele tu mano.

LA INFANTINA

¡Jamás! ¡Es un impostor os digo! Mandad que le azoten.

EL REY MICOMICÓN

¿Tampoco reconoces la cabeza del monstruo?

EL MAESTRO DE CEREMONIAS

¡Siete hileras de dientes, como relata la crónica del buen Rey Dagoberto!

EL REY MICOMICÓN

¿Reconoces este trofeo?

LA INFANTINA

¡Oh! ¡Yo me vuelvo loca! ¡Por qué no hallé la muerte en el bosque!

EL BRAVO

No has visto bien estas siete hileras de dientes.

BERTOLDO, *el antiguo bufón de la Señora* INFANTINA, *aparece de improviso, temblando dentro de sus calzones de bayeta amarilla y dando tiritones.*

EL BUFÓN

Compadre, al fin nos vemos las caras, y en paraje tal donde no dejarán de hacer justicia. ¡Sabed que este hombre me ha robado!

EL REY MICOMICÓN

¡Silencio, truhán!

LA INFANTINA

Dejadle hablar, padre mío. Ven a mi lado, Bertoldo.

EL BUFÓN

Soñé con ir a las Indias, y por eso dejé a mi Señora la Infantina. ¡Nunca lo hubiera hecho! En una venta hallé con un generoso caballero que me cambió su traje galán por mi sayo de bufón. ¡Y ese bergante, escapado de galeras, me lo robó! Antes tuvo pendencia con el caballero, y se ganó una herida en un brazo. Que se arremangue y la veréis.

EL BRAVO

No es preciso. He reñido porque mi descanso es pelear. ¡Alcancé una herida, pero maté a mi adversario!

EL BUFÓN

Todo es fantasía. Pero en ello no entro ni salgo. ¡Que diga por qué me robó el vestido!

EL BRAVO

Lo guardé como trofeo de mi victoria.

EL REY MICOMICÓN

¡Basta! Tú tendrás otro vestido, Bertoldo.

EL BRAVO

Tendrás dos. Uno del Rey y otro mío.

EL REY MICOMICÓN

Este caballero, a quien has injuriado, como villano que eres, es el prometido de tu Señora la Infantina Blanca Flor. ¡Pídele perdón!

EL BUFÓN

¡Prometido de mi señora un capitán de bandoleros! ¡El pícaro Espandián!

EL REY MICOMICÓN

¿Tú eres Espandián?

EL BRAVO

Señor, yo soy Espandián.

LA INFANTINA

¡Ya veis cómo tenía razón!

EL REY MICOMICÓN

Tu cabeza está pregonada.

EL BRAVO

Señor, mi cabeza estaba pregonada, pero creo haberla rescatado con la cabeza del Dragón.

EL REY MICOMICÓN

¿Y crees también poder casarte con mi hija la Infantina Blanca Flor?

EL BRAVO

Rey, yo sólo creo en tu palabra.

EL REY MICOMICÓN

¿Qué dices, hija mía muy amada? Yo di mi palabra real de hacer tus desposorios con aquel que diese muerte al Dragón. ¿Quieres que sea perjuro a mi palabra?

LA INFANTINA

¡No, Rey Micomicón! Pero tu hija te ofrece morir para salvar el honor de su estirpe soberana.

EL REY MICOMICÓN

Óyeme con calma, hija mía. Espandián no es un bandolero vulgar. Reina en los montes, y en los caminos tiene una hueste aguerrida y numerosa. Si yo le concedo beligerancia...

LA INFANTINA

¡No habléis así, padre mío!

EL REY MICOMICÓN

Aun sin matar al Dragón, podría ser uno de mis nobles. ¿Imaginas que es otro el origen de mis Pares y mis Duques?

LA INFANTINA

Padre mío, moriré, porque no le amo y porque el corazón me dice que es un impostor.

EL REY MICOMICÓN

¡Eso ya es histerismo!

EL PRÍNCIPE VERDEMAR

¡Tu fe te salva, Infantina Blanca Flor! Rey, manda que venga un carnicero, un cirujano, un asesino o un general que haya cortado muchas cabezas.

EL REY MICOMICÓN

¡Que venga el heroico General Fierabrás!

EL MAESTRO DE CEREMONIAS

Señor, hace veinte años que está encamado.

EL REY MICOMICÓN

¡Que se levante para servir a su Rey!

EL PRÍNCIPE VERDEMAR

Escucha, poderoso Rey de Micomicón, y tú, dulce Infantina, enjuga tus lágrimas y escucha también.

LA INFANTINA

¡Oh! ¡Qué ilusión! Me pareció que tus palabras me traían como un aire lejano, la música de aquella voz. Habla, bufón mío.

EL PRÍNCIPE VERDEMAR

El corazón no te engañaba al decirte que ese hombre era un impostor.

LA INFANTINA

¡Lo veis, padre mío!

EL BRAVO

¿Eres tú quien lo afirma?

EL PRÍNCIPE VERDEMAR

¡Yo!

EL REY MICOMICÓN

Aquí está el heroico General Fierabrás.

El heroico GENERAL FIERABRÁS *viene por el fondo del jardín apoyado en dos chambelanes. Es un viejo perlático, con el pecho cubierto de cruces y la cabeza monda. La punta de la nariz le gotea sin consideración, como una gárgola.*

EL PRÍNCIPE VERDEMAR

Tú, que eres el héroe del reino, ¿habrás cortado muchas cabezas?

FIERABRÁS

¡No, hijo mío!

EL PRÍNCIPE VERDEMAR

¡Te llaman Fierabrás!

FIERABRÁS

Es nombre que me puso mi mujer, porque tenía mal genio en casa.

EL PRÍNCIPE VERDEMAR

Eres el héroe del reino. Acabas de recibir el último entorchado.

FIERABRÁS

Ha sido por combatir la filoxera.

EL PRÍNCIPE VERDEMAR

Yo quería preguntarte si habías cortado alguna cabeza que no tuviese lengua.

FIERABRÁS

¿Es una adivinanza?

EL PRÍNCIPE VERDEMAR

No, invicto General.

FIERABRÁS

Todas las cabezas tienen lengua. ¿Está sin lengua alguno de vosotros? ¡Qué importa que la cabeza se halle sobre los hombros o separada!

EL PRÍNCIPE VERDEMAR

Pues esa cabeza no tiene lengua.

EL REY MICOMICÓN

¿Tú lo sabes?

EL PRÍNCIPE VERDEMAR

Podéis verlo vos mismo.

EL REY MICOMICÓN

Abridle las fauces. ¡Ah!... ¡No tiene lengua!

EL PRÍNCIPE VERDEMAR

Pero la tuvo. Vedla aquí.

EL REY MICOMICÓN

¿Qué quieres decir?

EL PRÍNCIPE VERDEMAR

Que soy quien ha dado muerte al Dragón.

LA INFANTINA

¡Por eso tu voz encantaba mi oído, y tu mirada hacía latir mi corazón! ¡Ahora te reconozco!

EL REY MICOMICÓN

Hija mía muy amada, podías ser la esposa de ese hombre, porque un bandolero puede ser tronco de un noble linaje, como nos enseña la Historia. Pero no puedes ser la esposa de un bufón.

LA INFANTINA

Sí, padre mío, porque le amo.

EL REY MICOMICÓN

Tomarás la cicuta, como aquel filósofo antiguo. Traedle una taza, Duquesa.

LA DUQUESA

¡Oh, qué tragedia! ¡Y yo, que no puedo llorar! ¿Queréis la cicuta muy azucarada, niña mía?

LA INFANTINA

¡Padre mío, dejadme casar con el que amo!

EL REY MICOMICÓN

Un bufón no puede ser tronco de una monarquía.

EL PRÍNCIPE VERDEMAR

Pero un Príncipe, sí. Yo soy Verdemar, hijo de tu amigo el Rey Mangucián. Mira, señor, cómo tengo en el pecho la flor de lis, distintivo de todos los Príncipes de mi sangre.

EL REY MICOMICÓN

¡Oh, Príncipe Verdemar! Tú reinarás en mi reino con la Infantina.

EL PRÍNCIPE VERDEMAR

Princesa, Señora mía, estás en deuda con tu bufón. Me debes una rosa.

LA INFANTINA

Te daré todas las rosas del rosal.

EL PRÍNCIPE VERDEMAR

Y los lirios de tus manos a besar.

EL REY MICOMICÓN

Entremos al palacio, hijos míos. El relente de la noche es malo para los enamorados.

EL BUFÓN

Y a mí, ¿no me hacéis justicia?

EL REY MICOMICÓN

¿Qué justicia pides?

EL BUFÓN

Que me sea devuelto el vestido que me robó Espandián. No dejéis libre a este pícaro, porque se escapará.

EL REY MICOMICÓN

Que sea atado al tronco de un árbol, hasta que venga el verdugo.

EL BRAVO

¡Poderoso señor, muévate a la clemencia el recuerdo de que estuve al tris de ser tu yerno!

EL REY MICOMICÓN

No menciones tal oprobio porque mandaré arrancarte la lengua.

EL BRAVO

Señora Infantina, yo hubiera querido vencer al Dragón. Pero la suerte lo dispuso de otro modo, y llegué tarde. Piensa que pudo ser mi dicha la de ese noble Príncipe. ¡Halle gracia en tu corazón el caballero Espandián!

LA INFANTINA

¡Perdonadle, padre mío!

EL REY MICOMICÓN

Atendiendo a que lo pide mi hija, muy amada, te perdono la vida.

EL BRAVO

Gracias, poderoso Rey Micomicón.

EL REY MICOMICÓN

Pero sufrirás la pena de azotes.

EL BRAVO

¡La pena de azotes! ¡Una pena infamante al caballero Espandián! ¡Una pena peor que la muerte, si el verdugo tiene la mano dura!

EL BUFÓN

Compadre, te ha cegado la ambición. No conviene querer subir tan alto. ¿Y para qué, compadre? ¿Qué ibas ganando? Imaginas que el Príncipe Verdemar, al casarse con la Infantina, va a estar mejor que yo, siendo su bufón. ¡No lo sueñes! Los peores humores serán para el marido. Y tú, que eres rey de los caminos reales, y archipámpano de las diligencias, ¿qué podías hallar que no tuvieses en este mísero Estado de Micomicón? ¡Se puede ambicionar ser rey del tabaco, del cacao, del azúcar y de los rábanos! ¡Se puede ambicionar ser rey del petróleo, de los diamantes y de las perlas! ¡Se puede ambicionar ser rey de una sierra por donde haya trajín de carromatos, mulateros y feriantes! ¡Pero Rey constitucional en el Estado de Micomicón! ¡Estabas loco, compadre Espandián!

EL BRAVO

¡Calla, imbécil! ¿Imaginas que no me hice cargo? Pero quise buscar un retiro para la vejez. Me habían dicho que se cobraba bien.

EL BUFÓN

¡Eso sí! ¡Y en oro!

Se oye el planto de la señora GEROMA, *que aparece haldeando, jipando y manoteando. Sus clamores pueblan el jardín. Llegando al árbol donde está atado* ESPANDIÁN, *suspira y pone los ojos en blanco.*

GEROMA

¡Espandián! ¡Marido mío! ¡Brazo de fierro! ¡No pensabas ayer, cuando me pediste el agua para lavarte el cuello, que el verdugo te ensebaba la cuerda! ¡Espandián! ¡Marido mío, que no te ponías calcetas por no darle a tu Geroma el trabajo de remendártelas! ¡Y eras tan lechuguino como el primero!

ESCENA ÚLTIMA

Los palacios del REY MICOMICÓN. *En la sala de los banquetes. Bajo la gran arcada que se abre sobre el jardín de los cisnes y las rosas acaban de tropezarse* BERTOLDO, *el antiguo bufón de la* Señora INFANTINA, *y el* CIEGO DE LAS GACETAS. *Satisfechos de hacer nuevo conocimiento, se abrazan. El perro toma parte en estas efusiones, poniéndose en dos patas.*

EL BUFÓN

¡Ya estás de vuelta, compadre Zacarías!

EL CIEGO

¡Y tú también, compadre Bertoldo!

EL BUFÓN

Como me habían robado el vestido, no pude embarcar. Antes de poner el pie a bordo ya parecía un náufrago.

EL CIEGO

Yo tampoco pude embarcar, pero no fue por falta de vestido. Había tomado pasaje para mí solo y no me admitían al perro. Querían que pagase como si fuese una persona.

EL BUFÓN

Las personas son las que debían pagar como perros, porque de tales reciben el trato en esos barcos de emigrantes.

EL CIEGO

Me quedé en tierra, y acá me vine a la querencia de mi antiguo oficio. Vuelvo a vender las gacetas a la gente del Palacio.

EL BUFÓN

¿Y qué tal?

EL CIEGO

Estos días algo se hace con motivo de las bodas reales, y, sobre todo, con la vista del proceso de Espandián. Pero el agosto está cuando hay denuncias. Entonces vendo de oculto. Si se habla mal del Rey, todos los palaciegos pican.

EL BUFÓN

Hoy se celebra el gran banquete.

EL CIEGO

Ya han salido cuatro extraordinarios. Se matan los unos a los otros.

EL BUFÓN

Perdona que te interrumpa. Pasa el cortejo de la boda y tengo que ir a pisarle la cola a la Duquesa.

Se van EL CIEGO *y* EL BUFÓN. *Aparecen hablando* EL PRÍNCIPE VERDEMAR *y* EL DUENDE. EL DUENDE *trae los zuecos lle-*

nos de barro, y se detiene en la arcada para limpiárselos con unas pajas. EL PRÍNCIPE VERDEMAR *está vestido de oro y seda.*

EL DUENDE

El Rey de Micomicón, tu suegro, ¿ha invitado a tu padre el Rey Mangucián?

EL PRÍNCIPE VERDEMAR

Creo que sí.

EL DUENDE

¿Tú no le has visto?

EL PRÍNCIPE VERDEMAR

No. Pero me ha parecido que era uno que roncaba en la capilla durante la ceremonia.

EL DUENDE

Yo deseo servirle en el banquete.

EL PRÍNCIPE VERDEMAR

Le servirás.

EL DUENDE

Pero será tan sólo un corazón de cordero crudo y sin sal, en un plato de oro.

EL PRÍNCIPE VERDEMAR

Ya está aquí todo el cortejo.

De pronto EL DUENDE *se hace invisible. Por todos los arcos aparece el cortejo de las bodas. Reyes y Reinas con corona y manto, y cada cual por su puerta. Detrás, los séquitos.* EL PRÍNCIPE *hace un paso muy gentil, para tomar de la mano a* LA INFANTINA. *Los Reyes ocupan sus sitiales. Los coperos les llenan las copas, los esclavos se arrodillan para ofrecer las fuentes gigantescas, llenas de perniles.* EL DUENDE *aparece con un plato de oro en la mano y se detiene ante* EL REY MANGUCIÁN.

EL REY MICOMICÓN

Yo estoy desfallecido. Dejad que la gente se coloque como quiera, Señor Maestro de Ceremonias, solamente que mi amigo el Rey Mangucián tenga su sitial a mi derecha. Supongo que no faltará comida. Se han sacrificado un toro y siete corderos.

EL REY MANGUCIÁN *toma asiento a la diestra del* REY MICOMICÓN *y bosteza con deleitable largura, como si ello fuese el mejor aperitivo para disponerse a comer. Después prende un bocado, lo muerde y palidece de cólera.*

EL REY MANGUCIÁN

¿Qué me habéis servido en este plato? Te declararé la guerra por la burla, Rey de Micomicón.

EL REY MICOMICÓN

Repórtate, Rey Mangucián. Lo que te han servido es un sabroso pernil.

EL REY MANGUCIÁN

No, esto no es pernil. Precisamente el pernil es uno de los platos en que yo me chupo los dedos.

Los dos Reyes se miran airados. EL REY MANGUCIÁN *ha puesto mano a la espada y se ha sujetado la corona en la cabeza.* EL REY MICOMICÓN *hace lo mismo. Los cortesanos dan un grito y quedan espantados: Las bocas abiertas, el bocado en el aire y la copa en la mano.* EL DUENDE *deja oír su voz burlona.*

EL DUENDE

Cierto. Lo que en este plato de oro acabo de servirte, poderoso Rey Manguciàn, es corazón de cordero crudo y sin sal. ¿No era así como clamabas un día por comerte el corazón de aquel Príncipe, hijo tuyo, que había dado libertad al Duende? ¡Ya ves que el plato no es muy sabroso! Los perros, los leones, los tigres, los lobos y los gatos se comen la carne cruda y sangrienta, porque tienen en sus estómagos una gran cantidad de ácido clorhídrico que les hace fácil digerirla. Pero los Reyes, si un tiempo remoto pudieron hacer lo mismo, hoy, por la evolución de las especies, ya no pueden. Al perder en regalías, perdieron en potencia estomacal. Los Reyes constitucionales sólo pueden ser vegetarianos.

EL REY MANGUCIÁN

¡A quién se lo cuentan, Micomicón!

EL REY MICOMICÓN

¡A quién se lo cuentan, Mangucián!

EL PRÍNCIPE VERDEMAR *y la señora* INFANTINA, *cogidos de las manos, van a ponerse de rodillas en la presencia de los dos Señores Reyes. Sus voces se levantan hermanadas.*

LOS DOS

¡Bendecidnos!

LOS REYES

¡Que los altos cielos igualmente os bendigan, dilatando nuestras dinastías por los siglos de los siglos!

TODOS LOS INVITADOS

¡Amén!

GUÍA DE LECTURA

por Joaquín del Valle-Inclán

Ramón del Valle-Inclán. Foto archivo Espasa

GUÍA DE LECTURA

1. La obra: acotaciones, diálogos, argumento

Nada más abrir el libro verás que hay unas partes del texto que van en un tipo de letra distinto: son las acotaciones, o sea, las indicaciones del autor sobre la situación, vestimenta, modo de hablar... y todo lo que conviene al desarrollo de la obra en el escenario. Las que emplea Valle-Inclán son muy literarias, por ejemplo: «[...] un duende que canta con un ritmo sin edad, como las fuentes y los pájaros» (pág. 19). Se debe a que consideraba el libro, en todos sus aspectos, como una obra de arte, y, por tanto, en las acotaciones también debía estar presente el estilo literario.

Después están los diálogos de los personajes que componen la obra, y es importante recordar que están pensados para ser representados en un escenario, y no sólo para leerlos.

El argumento de la obra es parecido a los cuentos tradicionales y tiene bastantes cosas en común: el héroe

—aquí el príncipe Verdemar— recibe un regalo maravilloso por su buena acción: el anillo que le da el duende (pág. 27); el héroe sale de casa, en la obra debe huir porque su padre quiere matarlo (pág. 31), etc., pero el argumento de LA CABEZA DEL DRAGÓN es mucho más que una narración tradicional, porque el humor, la ironía y la crítica están presentes en toda la obra, por ejemplo, la primera escena, primera acotación, dice refiriéndose al castillo: «Tiene grandes muros cubiertos de hiedra, y todavía no ha sido restaurado por los arquitectos del Rey. ¡Alabemos a Dios!» (pág. 17), que muestra el disgusto del autor por los edificios antiguos que se restauraban tratando de que pareciesen nuevos.

Muchas de estas burlas están pensadas para los adultos, otras son difíciles de entender hoy en día pues la obra se escribió en 1909, hace cien años, y para eso se añade un glosario donde puedes comprobar lo que significan.

La obra está dividida en seis escenas —no es por casualidad—, y si anotas el lugar donde ocurre la acción (el patio de un castillo, una venta...) verás que no se repiten. Ésta era la idea del teatro que tenía Valle-Inclán: muchos lugares y en muy poco tiempo. Por decirlo con sus palabras: la acción debe pasar por el escenario como un huracán. ¿Y por qué en muy poco tiempo? Porque como él mismo explicaba, si de una persona de ochenta años decimos que, a lo largo de su vida, se han muerto sus padres, su mujer y un hermano, a nadie le extraña, pero si hacemos coincidir todas esas muertes en un mismo día, ahí está la tragedia.

De manera que LA CABEZA DEL DRAGÓN sucede en muchos lugares y en muy poco tiempo, dos días como mucho, y tiene una estructura, una organización, muy precisa, aunque al autor, dado que escribía aprisa y corregía poco, se le escape algún que otro pequeño detalle del argumento.

2. ESCENA PRIMERA

Leyendo la primera escena es fácil ver que el comienzo es una situación feliz: los príncipes juegan a la pelota en el patio del castillo, pero su final es todo lo contrario, aparece un terrible problema: el príncipe Verdemar tiene que huir del castillo donde ha nacido porque teme que sus hermanos le delaten por haber dejado en libertad al duende, y su padre, el rey Mangucián, lo mate y se coma su «corazón crudo y sin sal» (pág. 31). Tampoco es difícil darse cuenta de que hay una repetición —en esta y en otras escenas— del número tres: tres príncipes juegan a la pelota; tres veces entrará la pelota en el torreón donde está preso el travieso duende, y solamente en la tercera ocasión el príncipe Verdemar cumplirá su palabra y dará la libertad al duende.

— ¿Conoces algún cuento, chiste o dicho popular donde se repita el número tres, por ejemplo, «A la tercera va la vencida»?
— El príncipe Verdemar es, sin duda, el héroe, pero ¿qué te parecen los hermanos de Verde-

mar, el príncipe Ajonjolí y el príncipe Pompón? ¿Cómo definirías su actitud? ¿Y la de su padre, el rey Maguncián?

— El duende, entre otras características, es descrito señalando que «a los lados de la frente aún tiene las cicatrices de los cuernos con que le vieron un día los poetas en los bosques de Grecia» (pág. 20). Si no sabes a qué se refiere, busca en Internet imágenes de faunos y duendes, para ir escogiendo el que más te guste.

— Sin mirar en el Glosario trata de averiguar el significado de «torreado» (pág. 17), «faltriquera» (págs. 26, 27), «cámara» (pág. 28). Anótate un punto por cada uno que sepas. Ya verás el motivo.

3. Escena segunda

En la segunda escena, el príncipe Verdemar coincide en una venta con el Bufón, lo invita a cenar y, por sus noticias, se entera de la existencia del Dragón y de la próxima muerte de la Infantina. El Ciego es el siguiente invitado, hablan alegremente, hacen bromas y aparece Espandián, el rufián que aparenta ser valiente, con su señora, Geroma, a la que también invita. Hay discusión, una riña y el príncipe Verdemar vence a Espandián. Furioso por su derrota, sale a llamar a sus secuaces para asesinarlo y el príncipe se ve forzado a escapar disfrazado con el traje del Bufón.

— ¿Ves algún parecido entre la acción de la primera y la segunda escena?

— Al finalizar la primera escena, el príncipe Verdemar dice: «Sólo siento no poder besar las manos de mi madre, y decirle adiós... ¡Y pedirle algunos doblones para el viaje!» (pág. 31). Sin embargo, en la escena segunda, tiene dinero de sobra pues invita a cenar y además en una acotación leemos: «Le arroja una bolsa llena de oro» (pág. 47). ¿Es un olvido del autor o pudo el príncipe conseguir dinero por otros medios?

— Hacia 1909 aparecieron los primeros automóviles en España y según lo que dice el bufón (pág. 39) ¿está a favor o en contra de este progreso?

— ¿Qué crees que significan «matante» (pág. 40), «ccima» (pág. 40) y «tajante» (pág. 42)? Usa el contexto donde están las palabras, y luego compruébalo en el Glosario. Y anota un punto por cada una que tengas bien.

4. ESCENA TERCERA

En la escena tercera el Príncipe, con el traje del Bufón, habla con la Infantina. Es el comienzo de la relación amorosa entre ambos. Una de las palabras más repetidas es «rosa», que simboliza el amor. Además, comienza a desarrollar el tema de los disfraces, es decir, los personajes se hacen pasar por otra persona como veremos más adelante. Fácilmente puedes comprobar que esta escena y la sexta son las más breves. Se debe a un afán de simetría en la estructura de la obra. De esta manera las escenas son: 1ª, 2ª, 3ª (muy breve), 4ª, 5ª, 6ª (muy breve).

— Como en las escenas anteriores aparece un problema. ¿Cuál es? ¿Se resolverá o no?
— En la acotación dice: «[...] recordando a un bufón de Watteau» (pág. 54). Si tienes curiosidad busca en Internet, en imágenes, una obra de este pintor que se llama «Comediantes italianos». O aún mejor, dibuja uno con las ropas que creas adecuadas. Esto en el teatro se llaman figurines, es decir, pequeños dibujos o modelos donde se representa al personaje con su vestimenta.
— ¿Qué significan «donosas», «gentil» y «doblar a muerto» (pág. 55)?

5. Escena cuarta

En la cuarta escena aparece una diferencia fundamental con las anteriores: los problemas se solucionan. La Infantina es llevada al bosque para ser devorada por el Dragón, pero aparece un caballero con la espada de diamante que salva su vida. Y lo mismo va a suceder en las escenas restantes. En otras palabras, si las tres primeras escenas solamente planteaban situaciones difíciles, ahora para cada problema aparecerá una solución. Además, está el tema de ocultar la propia personalidad: el Príncipe Verdemar se disfraza de bufón en la escena segunda y se presentará después a la Infantina; el Rey Micomicón se disfraza para salir del Palacio (pág. 66), Verdemar aparece con una armadura resplandeciente (pág. 67)...

— Este juego de disfraces, de aparentar lo que no son, ¿para qué crees que sirve?

— Es hora de tratar la obra como debe ser, como teatro. Escoge los fragmentos que más te gusten y solo o acompañado, léelos en voz alta. Si además de leer, lo acompañas con gestos y movimientos, mejor. Puedes modificar partes del texto si te parece necesario, y si tienes imaginación cambiar el argumento de la obra. Por ejemplo, ¿qué pasaría si el dragón se comiese al Príncipe Verdemar?

— En la primera escena, el duende va a morir (pág. 25), el Príncipe Verdemar teme por su vida (pág. 31); en la segunda, Espandián quiere asesinar a Verdemar; en la tercera, la Infantina llora porque va a ser devorada por el Dragón... ¿Crees que van a parecer más situaciones con peligro de muerte? ¿Por qué el autor insiste tanto en ello?

— Sigamos con el vocabulario: «menina» (pág. 59), «etiqueta» (pág. 60) y «chapines» (pág. 62). Como hasta ahora, un punto por cada una que tengas bien.

6. ESCENA QUINTA

En la escena quinta Espandián se hace pasar por el caballero que ha matado al dragón. Blanca Flor, la Infantina, no cumple su palabra con el Bufón de darle una rosa —recuerda que es el símbolo del amor— y éste la regaña: «¡Cuando olvida el corazón, también olvidan los ojos!» (pág. 76). Sin embargo, todo se soluciona porque cada uno vuelve a ser quien realmente es: Espandián no logra engañar con su mentira y el Bufón muestra que es el príncipe Verdemar, pudiendo casarse con la hija del rey.

— Verdemar dice: «Tu fe te salva» (pág. 82) y ayuda a la Infantina. ¿Cuál crees que es el motivo?
— Hay una serie de burlas a la figura del rey constitucional (pág. 87) y también más adelante (pág. 93). Se debe a que Valle-Inclán, en esos años, era partidario de la monarquía absoluta. ¿Sabes qué es eso?
— ¿Qué significan «gaitera» (pág. 73), «chapeo» (pág. 76) y «truhán» (pág. 79)?

7. ESCENA ÚLTIMA

La última escena es, por supuesto, el final feliz: se casan Verdemar y la Infantina, pero también tiene la función de reparar los agravios cometidos al Duende, el personaje que ha sido de tanta ayuda, y que ahora desea echarle en cara al rey Manguncián su comportamiento. Es otro ejemplo de la simetría en la composición: lo que aparece en la primera escena —matar al Duende, comerse el corazón de su hijo— vuelve a aparecer en la última.

— Y ahora al teatro lo que es del teatro. Representar toda la obra puede ser un poco largo, pero hay varias posibilidades. Puedes escoger una escena, o partes de ella, o puedes reducir la obra. Si te decides por esto último, esencialmente necesitas a Verdemar, al Duende, a Espandián y a la Infantina; los demás personajes, bien desaparecen, bien se sustituyen por referencias, como ocurre con el dragón en la obra, que nunca aparece en escena.

— ¿Cuál es el significado de «gaceta» (págs. 89, 90), «pernil» (págs. 92, 93) y «regalías» (pág. 93)?

Cuenta los puntos que has logrado. Si tienes dieciocho, has hecho trampa. Entre once y dieciséis aciertos, felicidades. Tienes muy buen vocabulario. Si estás entre once y siete, realmente bien. Menos de siete no es muy malo, pero quiere decir que debes leer más y mejorar así tu conocimiento de las palabras.

GLOSARIO

acezar [«saca la lengua acezando»] (pág. 29): «respirar rápido y fuerte, como después de un esfuerzo físico».

afanar [«de lo que afana»] (pág. 40): «robar».

antiparras [«antiparras negras»] (pág. 36): «gafas».

antruejo [«cara de antruejo»] (pág. 44): «carnaval».

archipámpano [«archipámpano de las diligencias»] (pág. 87): «persona de gran autoridad o prestigio». El sentido es que Espandián era el mejor asaltando diligencias.

avizorar [«EL VENTERO avizora»] (pág. 47): «observar, mirar con mucha atención».

azor [«en el puño sostiene un azor», «el azor que lleva en el puño»] (págs. 26, 29): «ave rapaz diurna».

basquiña [«¿Queréis mi basquiña?», «¿quieres prestarme tu basquiña?»] (págs. 48, 51): «falda que usaban las mujeres sobre la ropa».

bergante [«¡Hola, bergantes!», «Al fin reconoces mi voz, bergante»] (págs. 41, 49): «sinvergüenza».

bogar [«en la proa bogando»] (pág. 71): «remar».

Bonaparte, José (pág. 36): José I Bonaparte (1768-1844), rey de Nápoles y España.

bote [«de un bote recto»] (pág. 45): «golpe de frente, extendiendo el brazo, que se da con la espada».
brigante [«brigantes que manda ESPANDIÁN»] (pág. 49): «bandolero, bandido».
broquel [«a guisa de broquel»] (pág. 44): «escudo».

cámara [«las cámaras de mi palacio»] (pág. 28): «sala».
caponera [«cacarean en la caponera»] (pág. 47): «jaula donde se ponen capones, o sea, pollos castrados, para engordarlos».
capusay [«lleva capusay»] (pág. 20): «vestidura corta que sirve de capa y de sayo».
carcamán [«como un viejo carcamán»] (pág. 38): «buque grande».
Carlomagno (pág. 65): Carlomagno (742-814), rey de los francos. Se le suele representar con grandes barbas.
carrera [«la carrera de un galgo»] (pág. 60): «expresión para indicar una distancia corta».
catar [«Catad el agujero»] (pág. 78): «mirar».
ceño [«desarrugar el ceño»] (pág. 52): v. **desarrugar.**
chambelán [«pajes y chambelanes», «damas y chambelanes»] (págs. 59, 65): «persona noble que acompaña al rey».
chapeo [«el ala del chapeo»] (pág. 76): «sombrero».
chapín [«Llevadle mis chapines», «¿Lleváis los chapines?», «No tengo chapines»] (págs. 62, 64, 66, 69): «zapato».
cicuta [«tomarás la cicuta»] (pág. 85): «veneno preparado con el jugo de esta planta». Se dice que es muy amargo.
cigüeña [«la actitud de las cigüeñas»] (pág. 19): v. **Wagner.**
cimbel [«regido por un cimbel»] (pág. 59): «cordel».
coima [«la coima guiñando el ojo», «Pasa a las manos de la coima»] (págs. 40, 51): «prostituta; compañera del coime, o sea, del chulo».

conferencia [«conferencias en las Indias»] (págs. 34, 35): en 1910, muchos autores españoles fueron contratados para dar conferencias en Hispanoamérica. Valle-Inclán también dio varias en Argentina y Chile.

criba [«¿Ves esta criba?»] (pág. 48): «cuero ordenadamente agujereado y fijo en un aro de madera, que sirve para separar las semillas de otras impurezas como tierra, polvo...».

depresivo [«Es depresivo»] (pág. 24): «deprimente».

desarrugar [«desarrugar el ceño»] (pág. 52): «calmar, quitar el enfado».

doblar [«doblarán a muerto»] (pág. 55): «toque de campanas para indicar el fallecimiento de una persona».

donaire [«después de los banquetes dije donaires», «tus burlas y donaires»] (págs. 35, 36): «chiste, gracia».

doncel [«tres príncipes donceles»] (pág. 17): «joven».

donoso [«donosas sales»] (pág. 55): «gracioso».

duelista [«un duelista»] (pág. 24): «persona que se bate en duelo fácilmente».

embozo [«el embozo a los ojos»] (pág. 50): «parte de la capa con que se cubre la cara».

embullar [«embullando y farsando»] (pág. 52): «alborotar».

epístola [«epístola de san Pablo»] (pág. 43): se refiere a la carta del apóstol a los efesios, donde indica que la mujer debe obedecer en todo a su marido.

espada [«espadas de cartón»] (pág. 24): en España, a comienzos del siglo pasado, era frecuente el duelo, pero muchas veces estaban amañados, y no había ningún peligro, como si se batiesen con espadas de cartón. V. **duelista.**

esparaván [«rocín con esparavanes»] (pág. 30): «tumor que produce cojera».
esportillar [«y esportillada», «casi la esportilla»] (págs. 38, 41): «deshacer, romper».
etiqueta [«¡La etiqueta establece», «cuanto atañe a la etiqueta»] (págs. 60, 61): «uso, costumbre».
evangelista [«la gente vieja aún llama evangelistas»] (pág. 36): «predicador».
éxtasis [«el éxtasis musical»] (pág. 21): «estado de admiración extrema que anula cualquier otro sentimiento».

faltriquera [«con tiento en su faltriquera», «la lleva en la faltriquera»] (págs. 26, 27): «bolsa pequeña que se atan las mujeres a la cintura».
farsar [«embullando y farsando»] (pág. 52): «hacer gracias, chistes».
fausto [«este día, tan fausto»] (pág. 28): «feliz».
fe [«A fe que»] (pág. 35): «de verdad».
fierro [«brazo de fierro»] (pág. 88): «hierro».
filósofo [«aquel filósofo antiguo»] (pág. 85): el filósofo griego Sócrates, que fue obligado a suicidarse bebiendo el veneno de la cicuta. V. **cicuta.**
filoxera [«combatir la filoxera»] (pág. 83): «plaga que destruye las vides».
flanconada [«de una flanconada»] (pág. 45): «golpe lateral con la espada».
fosco [«cejas, grandes y foscas»] (pág. 20): «de color muy oscuro».

gaceta [«las gacetas ponderan sus discursos», «el brazo, gacetas y romances», «las gacetas públicas», «el CIEGO DE LAS GACETAS», «vender las gacetas»] (págs. 18, 36, 38, 89, 90): «periódico».

gaitera [«Duquesa gaitera»] (pág. 73): «que usa vestidos de colores muy llamativos».
gárgola [«como una gárgola»] (pág. 83): «parte final, normalmente muy adornada, del canal por donde se vierte el agua de los tejados o de las fuentes».
gentil [«estaríais muy poco gentiles», «a tu servicio, gentil Señora»] (págs. 26, 55): «guapo, hermoso».
gracia [«vuestra gracia»] (pág. 49): «nombre».

haldear [«haldeando, jipando»] (pág. 88): «andar aprisa».
hilo [«lloraba hilo a hilo»] (pág. 77): «continuamente, sin interrupción».
hurto [«una mirada a hurto»] (pág. 31): «sin que nadie lo note».

jipar [«haldeando, jipando»] (pág. 88): «gemir».
jubón [«jubón que en treinta batallas»] (pág. 27): «vestidura que cubría desde los hombros hasta la cintura, ceñida y ajustada al cuerpo».

lechuguino [«eras tan lechuguino»] (pág. 88): «elegante, que cuida su aspecto y va a la moda».
lirado [«en su lirada curva»] (pág. 71): «curvado, con forma de lira».
loco [«¿No eres loco?», «de tales locos»] (págs. 34, 72): «bufón».
longaniza [«la magra longaniza»] (pág. 33): «embutido de carne de cerdo». [«buscas una longaniza para atarlo»] (pág. 39): referencia al dicho «atar perros con longaniza» que indica gran abundancia. El sentido aquí es «ganar dinero, mejorar de posición».
lumbrada [«la lumbrada de urces»] (pág. 33): «fuego grande».

matante [«come de ser matante», «una costalada el matante», «el matante pasa»] (págs. 40, 41, 51): «asesino».
mella [«ni una mella»] (pág. 30): «rotura en el filo de un arma».
menestral [«un menestral»] (pág. 24): «persona con un oficio manual».
menina [«damas y meninas», «chambelanes, meninas y pajes»] (págs. 59, 65): «niñas de familias nobles que entraban a servir a la reina o a las infantas».
minué [«la pavana y el minué»] (pág. 63): «baile francés».

Orlando [«las aventuras de Orlando»] (pág. 17): personaje de la obra *Orlando furioso,* escrita por Ludovico Ariosto.

Pablo, san (págs. 43, 44): el apóstol cristiano. V. **epístola.**
paño [«de ese mismo sayo tengo yo un paño»] (pág. 39): el sentido es «haber pasado ya por esa situación».
parla [«la parla atrevida»] (pág. 72): «forma de hablar, labia».
pavana [«enseñándome la pavana»] (pág. 63): «danza española».
pavón [«El pavón, siempre con la cola abierta»] (pág. 71): «pavo real».
perlático [«como un perlático», «es un viejo perlático»] (págs. 47, 83): «tembloroso».
pernil [«cuece el pernil», «llenas de perniles», «esto no es un pernil»] (págs. 33, 92, 93): «pierna de animal».
planto [«el planto de la señora»] (pág. 88): «llanto».
ponderar [«las gacetas ponderan sus discursos»] (pág. 18): «alabar».
pragmática [«pragmáticas del buen Rey», «las pragmáticas del Rey»] (págs. 60, 62, 65): «ley».

pringue [«lleno de cordero y pringue»] (pág. 43): «grasa».

quimérico [«la noche quimérica»] (pág. 50): «fabuloso».

regalía [«Al perder en regalías»] (pág. 93): «privilegio».
repelar la barba [«le repela las barbas»] (pág. 18): «reñir».
repudiar [«tendré que repudiarte»] (pág. 52): «rechazar».
rosmar [«rosman el gato y el perro»] (pág. 47): «gruñir».

sal [«donosas sales»] (pág. 55): «agudeza, chiste».
sangrar [«para que me sangre»] (pág. 30): antiguamente se extraía sangre porque se consideraba un remedio médico.
santiguada, hacer [«hace la santiguada»] (pág. 51): «persignarse, hacer la señal de la cruz».
sierpe [«quien a la sierpe»] (pág. 70): «culebra de gran tamaño».
siglo [«del gran siglo»] (pág. 61): así se denomina el siglo XVII en Francia.
solo [«el solo delincuente»] (pág. 28): «único».

tajante [«deja quieta la tajante»] (pág. 42): «espada».
tamaño [«tamaña como un viejo carcamán»] (pág. 38): «tan grande». V. **carcamán.**
tasajo [«en la chimenea ahúma el tasajo»] (pág. 33): «trozo de carne».
teatino [«capusay de teatino»] (pág. 20): «perteneciente a la orden de san Cayetano». V. **capusay.**
tercia [«navaja de a tercia»] (pág. 33): «muy grande».
tojo [«de urces y tojos»] (pág. 33): «arbusto espinoso con flores amarillas».

torreado [«un castillo muy torreado»] (pág. 17): «con muchas torres».
tramoya [«la mejor tramoya»] (pág. 24): «trampa, engaño».
truhán [«¡Silencio, truhán!»] (pág. 79): «persona que con bufonadas o cuentos procura hacer reír».

urce [«la lumbrada de urces»] (pág. 33): «brezo, arbusto con flores rojizas y de madera dura».

valimiento [«necesitas el valimiento»] (pág. 27): «favor, ayuda».

Wagner (pág. 19): el compositor alemán Ricardo Wagner (1813-1883). El autor sentía un especial disgusto por su música. Por eso compara a sus admiradores con las cigüeñas.
Watteau [«un bufón de Watteau»] (pág. 54): Jean-Antoine Watteau (1684-1721), pintor francés.

COLECCIÓN AUSTRAL

Serie azul: Narrativa
Serie roja: Teatro
Serie naranja: Poesía
Serie verde: Ciencias/Humanidades

ÚLTIMOS TÍTULOS PUBLICADOS

Francisco Aguilar Piñal
562 **La España del absolutismo ilustrado**

Séneca
563 **Tratados morales**
Traducción y edición de Pedro Rodríguez Santidrián

Albert Einstein
564 **El significado de la relatividad**

Arthur Conan Doyle
565 **El perro de los Baskerville**
Prólogo de Fernando Martínez Laínez

Henry James
566 **Daisy Miller / Otra vuelta de tuerca / Otros relatos**
Traducción y edición de Santiago Rodríguez Guerrero-Strachan

Horacio
567 **Odas / Épodos**
Traducción y edición de Alfonso Cuatrecasas

José-Carlos Mainer
568 **Años de vísperas. La vida de la cultura en España (1931-1939)**

Manuel y Antonio Machado
569 **La prima Fernanda / La duquesa de Benamejí**
Edición de Dámaso Chicharro Chamorro

Francisco Brines
570 **Antología poética**
Edición de Ángel Rupérez

Miguel Delibes
571 **El camino**
Introducción de Marisa Sotelo
Guía de lectura de Fernando de Miguel

Carmen Laforet
572 **Nada**
Introducción de Rosa Navarro Durán
Guía de lectura de Enrique Turpin

George Orwell
573 **Rebelión en la granja**
Introducción de Rosa González
Guía de lectura de Francisco Alonso

Herman Melville
574 **Bartleby el escribiente**
Traducción y edición de Eulalia Piñero

Rafael Sánchez Ferlosio
575 **El Jarama**
Introducción y guía de lectura de María Luisa Burguera

Ramón J. Sénder
576 **Réquiem por un campesino español**
Edición y Guía de lectura de Antonio A. Gómez Yebra

Camilo José Cela
577 **La familia de Pascual Duarte**
Introducción de Adolfo Sotelo
Guía de lectura de Antonio Cerrada

Federico García Lorca
578 **El público**
Edición de Javier Huerta Calvo

Benito Pérez Galdós
579 **Tristana**
Edición de Germán Gullón
Guía de lectura de Heilette van Ree

VV. AA.
580 **Antología de entremeses del siglo de oro**
Edición y Guía de lectura de Ignacio Arellano y Celsa Carmen García

VV. AA.
581 **Antología de relatos fantásticos argentinos**
Edición de Helios Jaime

Eduardo Mendoza
582 **La ciudad de los prodigios**
Prólogo de José R. Valles
Guía de lectura de Enrique Turpin

J. R. R. Tolkien
583 **El Hobbit**
Introducción de Paola Castagno
Guía de lectura de de Paola Castagno y Leandro Pascual

Miguel Mihura
584 **Vidas extrañas y otras literatura para perros**
Edición de Fernando Valls

VV. AA.
585 **Antología de la poesía francesa**
Edición, selección y traducción de Mauro Armiño

Mark Twain
586 **Aventuras de Huckleberry Finn**
Prólogo y Guía de lectura de José Antonio Gurpegui

Jorge Isaacs
587 **María**
Prólogo de Ana Gallego

Adolfo Bioy Casares
588 **La invención de Morel**
Prólogo de Trinidad Barrera

Vicente Blasco Ibáñez
589 **Los cuatro jinetes del Apocalipsis**
Prólogo de Ramiro Reig

Fiódor Dostoyevski
590 **El jugador**
Prólogo de Luis Alberto de Cuenca

VV. AA.
593 **Antología del teatro español**
Prólogo de Mercedes Chozas

Carmen Martín Gaite
594 **Entre visillos**
Introducción de Marina Mayoral
Guía de lectura de Inmaculada González

George Orwell
595 **1984**
Traducción de Rafael Vázquez Zamora
Introducción de Fernando Galván
Guía de lectura de Francisco Alonso

Miguel Delibes
596 **El príncipe destronado**
Introducción y Guía de lectura de Antonio A. Gómez Yebra

Emilia Pardo Bazán
597 **Los pazos de Ulloa**
Prólogo de Julia Escobar
Guía de lectura de Luis Fernández

Isabel Allende
598 **La casa de los espíritus**
Introducción de María Caballero

Miguel Delibes
599 **Cinco horas con Mario**
Introducción de Antonio Vilanova
Guía de lectura de Enrique Turpin

William Shakespeare
601 **Ricardo III**
Edción y traducción de Ángel-Luis Pujante

Stephen Hawking
602 **Historia del tiempo**
Introducción de José Manuel Sánchez Ron
Traducción de Miguel Ortuño

Yukio Mishima
603 **Confesiones de una máscara**
Prólogo de Luis Antonio de Villena
Traducción de Andrés Bosch

Alejo Carpentier
604 **El siglo de las luces**
Prólogo de Marta Rivera de la Cruz

Julio Cortázar
605 **Queremos tanto a Glenda**
Prólogo de Fernando Iwasaki

VV. AA.
606 **Entre el clavel y la rosa**
Edición de José María Plaza

Ramón del Valle-Inclán
607 **La cabeza del dragón**
Prólogo de Joaquín del Valle-Inclán

Ovidio
608 **El arte de amar / Remedios de amor / Cosméticos para el rostro femenino**
Edición y traducción de Antonio Ramírez de Verger

Juan Rulfo
609 **Pedro Páramo**
Introducción de Reina Roffé

Jesús Mosterín
610 **Los lógicos**
Prólogo de Roberto Torretti

Edgar Allan Poe
611 **Cuentos**
Prólogo de Lorenzo Silva
Traducción de Gabriela Bustelo

Mario Vargas Llosa
612 **Los cachorros / Los jefes**
Edición y Guía de lectura de Ángel Esteban

Joseph Conrad
613 **Con la soga al cuello**
Prólogo de José María Guelbenzu
Traducción de Vlady Cociancich

VV. AA.
614 **Antología del cuento grotesco**
Edición de Santiago Rodríguez Guerrero-Strachan

Rudyard Kipling
615 **Capitanes intrépidos**
Prólogo de Javier Reverte
Traducción de J. Novo Cerro

Gregorio Marañón
616 **Amiel / Don Juan**
Introducción de Antonio López Vega

Lorenzo Silva
617 **El alquimista impaciente**
Introducción y Guía de lectura de Germán Gullón

Pablo Neruda
618 **Antología poética**
Prólogo y selección de Rafael Alberti

O'Henry
619 **Cuentos de Nueva York**
Prólogo de Juan Ignacio Alonso
Traducción de León Mirlas

Jesús Mosterín
620 **La naturaleza humana**
Nueva edición revisada

Benito Pérez Galdós
621 **Fortunata y Jacinta**
Edición de Germán Gullón
Guía de lectura de Heilette van Ree

Cornell Woolrich
622 **La ventana indiscreta**
Prólogo de José María Guelbenzu

Henry James
623 **La lección del maestro**
Prólogo de Miguel Martínez-Lage

Antonio y Manuel Machado
624 **El hombre que murió en la guerra / El aguilucho**
Edición de Dámaso Chicharro Chamorro

Manuel Fernández Álvarez
625 **Juana la Loca**

Mary Shelley
626 **Frankenstein o el moderno Prometeo**
Prólogo de Luis Mateo Díez

Bram Stoker
627 **Drácula**
Traducción de Francisco Torres Oliver
Prólogo de Espido Freire

VV. AA.
628 **Grandes relatos medievales**
Edición de Nemesio Martín

VV. AA.
629 **Antología de cuentos (antes de los 18)**
Edición de Mercedes Chozas

Baltasar de Castiglione
630 **El cortesano**
Traducción de Juan Boscán
Introducción de Rogelio Reyes Cano

Manuel Chaves Nogales
631 **A sangre y fuego**
Prólogo de Ana Cañil

Henry Buckley
632 **Vida y muerte de la República**
Traducción de Ramón Buckley
Prólogo de Paul Preston